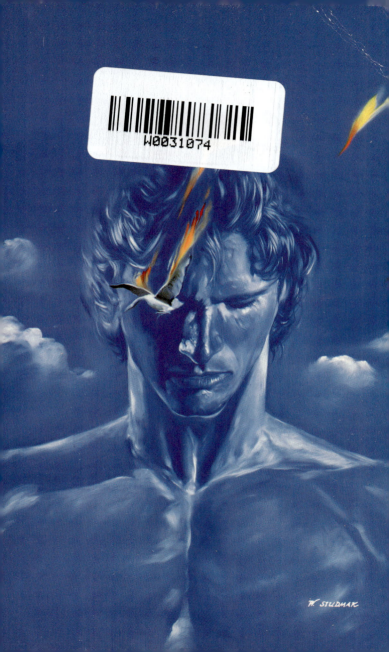

LE CHEVALIER
DES ÉPÉES

ŒUVRES DE MICHAEL MOORCOCK
DANS PRESSES POCKET

LE NAVIRE DES GLACES
LE CAVALIER CHAOS (Le grand temple de la S.-F.)

L'HYPERCYCLE DU MULTIVERS

I. LE CYCLE D'ELRIC

1. ELRIC DES DRAGONS
2. LA FORTERESSE DE LA PERLE
3. LE NAVIGATEUR SUR LES MERS DU DESTIN
4. ELRIC LE NÉCROMANCIEN
5. LA SORCIÈRE DORMANTE
6. L'ÉPÉE NOIRE
7. STORMBRINGER

II. LA LÉGENDE DE HAWKMOON

1. LE JOYAU NOIR
2. LE DIEU FOU
3. L'ÉPÉE DE L'AURORE
4. LE SECRET DES RUNES
5. LE COMTE AIRAIN
6. LE CHAMPION DE GARATHORM
7. LA QUÊTE DE TANELORM (1990)

III. LA QUÊTE D'EREKOSË

1. LE CHAMPION ÉTERNEL
2. LES GUERRIERS D'ARGENT
3. LE DRAGON DE L'ÉPÉE

IV. LES LIVRES DE CORUM

1. LE CHEVALIER DES ÉPÉES
2. LA REINE DES ÉPÉES (juin 1992)
3. LE ROI DES ÉPÉES (octobre 1992)

SCIENCE-FICTION
Collection dirigée par Jacques Goimard

MICHAEL MOORCOCK

LES LIVRES DE CORUM

LE CHEVALIER DES ÉPÉES

Presses Pocket

Titre original :
THE KNIGHT OF THE SWORDS

Traduit de l'anglais par
Bruno Martin

NOTE DE L'ÉDITEUR

Malgré nos recherches, nous n'avons pas réussi à retrouver les ayants droit de la traduction de ce roman. Il est bien entendu qu'un compte leur est ouvert aux éditions Presses Pocket auxquelles ils peuvent s'adresser.

La loi du 11 mars 1957 n'autorisant, aux termes des alinéas 2 et 3 de l'article 41, d'une part, que les *copies ou reproductions strictement réservées à l'usage privé du copiste et non destinées à une utilisation collective*, et, d'autre part, que les analyses et les courtes citations dans un but d'exemple et d'illustration, *toute représentation ou reproduction intégrale ou partielle, faite sans le consentement de l'auteur ou de ses ayants droit ou ayants cause, est illicite* (alinéa 1er de l'article 40). Cette représentation ou reproduction, par quelque procédé que ce soit, constituerait donc une contrefaçon sanctionnée par les articles 425 et suivants du Code pénal.

© Michael Moorcock, 1971.
© Presses Pocket, 1992
pour la présente édition
ISBN 2-266-04770-1

PROLOGUE

Il y avait en ce temps-là des océans de lumière, et des cités dans les cieux, et de farouches bêtes volantes en bronze. Il y avait des troupeaux d'animaux cramoisis, rugissants, qui se dressaient plus haut que les châteaux. Il y avait des choses vertes aux cris aigus qui hantaient les froides rivières. C'était le temps des dieux qui se manifestaient sur notre monde en tous ses aspects ; le temps des géants qui marchaient sur les eaux ; des esprits inanimés et des créatures difformes qu'une pensée maladroite suffisait à évoquer mais que seul pouvait chasser quelque terrifiant sacrifice ; le temps de la magie et des fantasmes, où la nature était instable, les événements invraisemblables, où abondaient les paradoxes démentiels ; le temps aussi des rêves exaucés, des rêves avortés, des cauchemars devenus réalité.

C'était un temps de richesse et un temps d'obscurantisme. Le temps des Maîtres de l'Epée. Le temps où se mouraient les Vadhaghs et les Nhadraghs, ennemis de temps immémorial. Le temps où l'Homme, esclave de la peur, commençait à se manifester, ignorant qu'une grande part de la terreur qu'il connaissait n'était issue que du fait de sa propre accession à l'existence. C'était là une des ironies inhérentes à l'Homme (qui, à cette époque, appelait sa race " Mabden ").

Les Mabdens vivaient de courtes existences, mais se reproduisaient de façon prodigieuse. En quelques siècles, ils étaient arrivés à dominer le continent occidental sur lequel ils s'étaient développés. La superstition les retint d'envoyer trop de leurs vaisseaux vers les pays des Vadhahgs et des Nhadraghs durant un siècle ou deux encore, mais ils prirent courage peu à peu en voyant qu'il ne leur était opposé aucune résistance. Ils commencèrent à jalouser les races plus anciennes ; ils se mirent à nourrir des sentiments haineux.

Les Vadhaghs et les Nhadraghs ne l'ignoraient pas. Ils habitaient la planète depuis un million d'années ou davantage, la planète qui maintenant enfin paraissait en repos. Ils connaissaient les Mabdens, mais ne les jugeaient pas très différents des autres bêtes. Bien que leurs haines ancestrales eussent subsisté, les Vadhaghs et les Nhadraghs consacraient leurs longues heures à contempler des idées abstraites, à créer des œuvres d'art, et à inventer d'autres occupations du même ordre. Ces races antiques, rationnelles, évoluées, repliées en elles-mêmes, étaient dans l'incapacité de croire aux changements intervenus. Aussi, comme il en va toujours, ne prêtaient-elles aucune attention aux signes avant-coureurs.

Il n'y avait pas d'échanges culturels entre les deux ennemis héréditaires, bien que leur dernière bataille se fût livrée bien des siècles auparavant.

Les Vadhaghs vivaient en groupes familiaux dans des châteaux éparpillés sur le continent qu'ils appelaient Bro-an-Vadhagh. Il n'y avait que très peu de relations entre ces familles, les Vadhaghs ayant perdu depuis longtemps le goût des voyages. De leur côté, les Nhadraghs habitaient dans des villes construites sur les îles qui parsemaient les mers au nord-ouest de Bro-an-Vadhagh. Ils n'entretenaient également que peu de rapports, même avec leur parenté la plus proche. Les deux races se croyaient invulnérables. Elles se trompaient toutes les deux. L'Homme, le parvenu, se mettait à croître et à se multiplier, et à se répandre comme la peste sur le monde. Ce fléau abattait les races anciennes partout où il les touchait. Et l'Homme n'apportait pas seulement la mort, mais aussi la terreur. Il réduisait volontairement le monde plus ancien en ruines et en sépulcres. Sans le savoir, il amenait un bouleversement psychique et surnaturel de la grandeur que les Grands Dieux d'Antan eux-mêmes n'avaient pas su comprendre.

Et les Grands Dieux d'Antan commençaient à connaître la peur.

Quant à l'Homme, esclave de la peur, arrogant dans son ignorance, il poursuivait sa marche hésitante en avant. Il restait aveugle aux transformations immenses qu'apportaient ses ambitions en apparence mesquines. De même, l'Homme manquait de sensibilité, n'avait nullement conscience de la multitude de dimensions qui emplissaient l'univers, chacun des Plans en recoupant plusieurs autres. Il différait en cela des Vadhaghs et des Nhadraghs, qui savaient comment se déplacer à volonté entre les dimensions, connues comme les Cinq Plans. Ils avaient perçu et compris la nature de Plans nombreux, différents des Cinq, parmi lesquels la Terre se mouvait.

Il semblait donc d'une effarante injustice à ces races avisées de devoir périr aux mains de créatures qui n'étaient encore guère plus que des animaux. On eût dit des vautours festoyant et se querellant sur le corps d'un jeune poète qui ne pouvait que les regarder de ses yeux intrigués tandis qu'ils le dépouillaient peu à peu d'une existence raffinée qu'ils n'apprécieraient jamais, qu'ils n'avaient même pas conscience de lui enlever.

« S'ils comprenaient la valeur de ce qu'ils ont volé, s'ils avaient su ce qu'ils détruisaient », dit le vieux Vadhagh dans le récit *La Seule Fleur de l'automne,* « alors, je m'en consolerais ».

C'était injuste.

En créant l'Homme, l'univers avait trahi les races anciennes.

Mais c'était une injustice perpétuelle et bien connue. L'être sensible peut percevoir et aimer l'univers, mais l'univers est incapable de percevoir et d'aimer l'être sensible. L'univers n'établit aucune distinction entre les quantités de créatures et d'éléments qui le composent. Tous sont égaux. Nul n'est favorisé. L'univers, qui ne dispose que des matières premières et du pouvoir de création, continue à créer : un peu de ceci, un peu de cela. Il ne peut pas guider ce qu'il crée et il ne peut pas, semble-t-il, être guidé par ses créatures (bien que certaines d'entre elles puissent s'en donner l'illusion). Ceux qui maudissent les œuvres de l'univers maudissent une entité frappée de surdité. Ceux qui s'attaquent à ces œuvres luttent contre l'inviolable. Ceux qui brandissent le poing s'en prennent à des étoiles aveugles.

Ce qui ne signifie nullement qu'il n'y aura pas toujours quelques êtres pour tenter de livrer bataille à l'invulnérable, pour s'efforcer de le détruire.

Toujours, il y aura de semblables êtres, quelquefois dotés de grande sagesse, qui se refusent à croire à un univers insouciant.

Le Prince Corum Jhaelen Irsei était l'un d'eux. Peut-être le dernier de la race des Vadhaghs, on l'appelait parfois le Prince à la Robe Ecarlate.

La présente chronique se rapporte à lui.

PREMIÈRE PARTIE

Où le Prince Corum apprend une leçon et perd un membre

1

AU CHÂTEAU D'ÉRORN

Au château d'Erorn vivait la famille du Prince vadhagh Khlonskey. Il y avait bien des siècles que cette même famille occupait le château. Elle avait un amour excessif de la mer à l'humeur changeante qui venait lécher les murailles nord d'Erorn ainsi que de l'agréable forêt qui venait tout près du flanc sud.

Le château d'Erorn était si ancien qu'il paraissait s'être fondu entièrement dans la roche de la vaste éminence qui dominait la mer. De l'extérieur, c'était une splendeur de tourelles patinées par le temps et de pierres lissées par le sel marin. A l'intérieur, il y avait des parois mouvantes qui changeaient de forme pour s'accommoder aux éléments et de couleur quand le vent changeait de direction. Il y avait des salles remplies de dispositifs de cristaux et de jets d'eau qui jouaient à la perfection les fugues compliquées composées par des membres de la famille, les uns vivants, les autres morts. Et les galeries étaient abondamment garnies de tableaux brossés sur le velours, le marbre et le verre par les ancêtres talentueux du Prince Khlonskey. Il y avait encore des bibliothèques bourrées de manuscrits rédigés par des membres de la race vadhagh et de la race nhadragh. En d'autres salles du château se trouvaient des collections de statues, des volières et des ménageries, des observatoires, des pouponnières, des jardins, des chambres de méditation, des salles de chirurgie, des gymnases, des collections de panoplies guerrières, des cuisines, un planétarium, des musées, des chambres de conjuration des esprits, aussi bien que des pièces réservées à des usages moins spécialisés et les appartements des habitants du château.

Pour le moment, douze personnes vivaient au château, qui autrefois en avait abrité cinq cents. Ces douze habitants étaient : le Prince Khlonskey lui-même, d'un très grand âge ; son épouse Colatalarna, qui paraissait beaucoup plus jeune que lui ; Ilastru et Pholhinra, ses filles jumelles ; le Prince Rhanan, son frère ; sa nièce Sertrada ; son fils Corum. Les cinq autres étaient des « invités », cousins éloignés du Prince. Tous montraient les traits caractéristiques des Vadhags : le crâne étroit et allongé, des oreilles presque dépourvues de lobes et collées contre le crâne, de fins cheveux que la moindre brise soulevait en légers nuages autour de leur visage, de grands yeux en amande dont le centre jaune était entouré de violet, une large bouche aux lèvres renflées, et une peau d'un rose insolite parsemé de points d'or. Leurs corps, de haute taille, étaient minces et de proportions harmonieuses ; ils se mouvaient avec une grâce nonchalante qui ravalait la démarche des humains à la gaucherie des gestes d'un singe mutilé.

Comme elle s'occupait essentiellement à des passe-temps intellectuels très détachés, la famille du Prince Khlonskey n'avait plus de rapports avec les autres Vadhaghs depuis deux siècles et n'avait plus vu un seul Nhadragh depuis trois cents ans. Aucune nouvelle ne leur était parvenue du monde extérieur depuis plus d'un siècle. Une fois seulement ils avaient vu un Mabden, un échantillon apporté au château d'Erorn par le Prince Opash, naturaliste, cousin germain du Prince Khlonskey. Cette Mabden — car c'était une femelle — avait été enfermée dans les ménageries, où l'on en prenait bien soin, mais elle n'avait pas vécu au-delà de cinquante ans, et n'avait pas été remplacée après sa mort. Depuis lors, naturellement, les Mabdens s'étaient multipliés et il semblait même qu'ils eussent maintenant occupé de vastes portions du territoire de Bro-an-Vadhagh. Selon certaines rumeurs, des bandes de Mabdens avaient attaqué des châteaux vadhaghs et les avaient démolis entièrement après le massacre des habitants. Le Prince Khlonskey avait du mal à le croire. De plus, ce genre de spéculations n'offrait guère d'intérêt pour lui, ni pour sa famille. Il y avait tant d'autres choses à débattre, tant de sources de méditations plus complexes, tant de sujets plus agréables dans toute leur variété.

La peau du Prince Khlonskey était d'un blanc presque laiteux et si fine que l'on distinguait au travers toutes ses veines et tous ses muscles. Il vivait depuis plus de mille ans, et depuis peu seulement l'âge commençait à l'affaiblir. Quand sa débilité deviendrait intolérable, quand sa vue baisserait, il mettrait un terme à sa vie, selon la coutume des Vadhaghs, en allant dans la Chambre des Vapeurs s'étendre sur les couvertures et les coussins de soie pour inhaler les divers gaz doucement parfumés, jusqu'à en mourir.

Avec l'âge, ses cheveux étaient devenus d'un brun doré et la couleur de ses yeux avait également changé, tournant à un violet rougeâtre avec des pupilles orange foncé. Ses robes étaient à présent trop amples pour son corps, mais, bien qu'il dût porter le sceptre de platine tressé orné de rubis, il gardait le maintien fier et ses épaules ne se voûtaient pas.

Il alla un jour trouver son fils, le Prince Corum, dans une salle où de la musique naissait d'un arrangement de tubes creux, de fils vibrants et de pierres mouvantes. Cette musique très douce, très simple, fut presque couverte par le bruit des pas de

Khlonskey sur les tapis, les coups de son bâton et le sifflement de la respiration dans sa gorge amaigrie.

Le Prince Corum détourna son attention de la musique pour adresser à son père un regard courtoisement curieux.

« Père ?

— Corum. Pardonne-moi de te déranger.

— Certes. D'ailleurs je n'étais pas satisfait de mon travail. » Corum quitta les coussins et se dressa, drapé dans sa robe écarlate.

« Corum, il me vient à l'esprit que je ne tarderai pas à rendre visite à la Chambre des Vapeurs », dit le Prince Khlonskey, « et, tout en prenant ma décision, il m'est venu à l'idée de satisfaire une de mes fantaisies. Toutefois, j'aurai besoin de ton aide ».

Le Prince Corum aimait son père et s'inclinait devant ses décisions, aussi dit-il d'un ton grave : « Vous avez toute ma dévotion, père. Que puis-je faire pour vous ?

— J'aimerais avoir une notion du destin de mes parents. Le Prince Opash, qui vit au château de Sarn, dans l'Est. La Princesse Lorim, au château de Crachah, dans le Sud. Et le Prince Faguin, du château de Gal, dans le Nord. »

Le Prince Corum fronça les sourcils. « Très bien, père, si...

— Je sais ce que tu penses, mon fils... que je pourrais apprendre ce que je désire savoir par des moyens occultes. Cependant, il n'en va pas ainsi. Pour une raison qui m'échappe, il est difficile d'établir des rapports avec les autres Plans. La perception même que j'en ai est plus faible qu'elle ne le devrait, quelque effort que je tente pour les pénétrer de tous mes sens. Et y entrer matériellement est presque impossible. Peut-être à cause de mon âge...

— Non, père », dit le Prince Corum, « car moi aussi j'éprouve de la difficulté. En un temps il était facile de se déplacer à volonté à travers les cinq Plans. Avec un peu plus d'effort, on pouvait entrer en contact avec les dix Plans, bien que, vous le savez, peu de gens eussent le pouvoir de les visiter physiquement. Maintenant, je suis incapable de faire mieux que voir et, de temps à autre, entendre les quatre autres Plans qui, avec le nôtre, constituent le spectre à travers lequel notre planète passe directement dans son cycle astral. Je ne comprends pas pourquoi se manifeste cette perte de sensibilité.

— Moi non plus », avoua le père. « Mais je sens que c'est dans la nature d'un présage. Cela indique quelque changement important de l'état de notre Terre. C'est la raison essentielle de mon désir de me renseigner sur mes parents et d'apprendre s'ils savent peut-être pourquoi nos sens se rattachent de plus en plus à un Plan unique. Ce n'est pas naturel. Cela nous rend infirmes. Devons-nous finir par ressembler aux bêtes de notre propre Plan, qui n'ont connaissance que d'une unique dimension et ne soupçonnent même pas que les autres puissent exister ? Un processus de régression serait-il en cours ? Nos enfants ne connaîtront-ils rien de nos expériences et retourneront-ils à l'état de mammifères aquatiques d'où est issue notre race ? Je t'avouerai, mon fils, que j'ai dans l'esprit des ombres de peur. »

Le Prince Corum ne tenta pas de réconforter son père. « J'ai lu une fois des ouvrages sur les Blandhagnas », dit-il d'un ton pensif. « C'était une race établie sur le troisième Plan. Un peuple hautement évolué. Mais quelque chose s'est emparé de leurs gènes et de leurs cerveaux, et, en moins de cinq générations, ils ont repris la forme d'une espèce de reptiles volants tout en conservant des vestiges de leur intelligence antérieure... assez pour les rendre furieux, et, en fin de compte, pour qu'ils se détruisent entièrement. Je me demande bien ce qui cause ces réversions.

— Seuls les Maîtres de l'Epée le savent », dit le père.

« Et les Maîtres de l'Epée n'existent pas », répondit Corum en souriant. « Je comprends votre inquiétude, père. Vous désirez que je rende visite à vos parents pour leur porter vos salutations. Je devrai m'informer de leur santé et de leur sort et apprendre s'ils ont remarqué eux-mêmes ce que nous observons en notre château d'Erorn. »

Son père l'approuva de la tête. « Si notre perception tombe au niveau de celle d'un Mabden, alors il n'y a pas d'intérêt à perpétuer notre race. Tâche aussi de savoir ce qu'il advient des Nhadraghs... si cette atténuation des sens les atteint également.

— Nos races sont à peu près aussi anciennes », murmura Corum. « Peut-être souffrent-elles d'une même affection. Mais votre parent Shulag n'a-t-il pu vous en parler, quand il vous a rendu visite il y a quelques siècles ?

— En effet, Shulag disait que les Mabdens étaient venus de l'ouest sur leurs navires et avaient soumis les Nhadraghs, en massacrant la plus grande partie et réduisant le reste en esclavage. Pourtant, j'ai peine à croire que ces demi-bêtes de Mabdens — si important que fût leur nombre — aient eu assez d'intelligence pour vaincre la ruse des Nhadraghs. »

Le Prince Corum réfléchit, les lèvres pincées. « Ils étaient peut-être devenus trop satisfaits d'eux-mêmes », dit-il.

Son père pivota, prêt à quitter la chambre, frappant doucement de son bâton de platine et de rubis le tissu aux riches broderies qui recouvrait les dalles, le serrant plus étroitement qu'à l'ordinaire dans sa main délicate. « La satisfaction de soi est une chose », dit-il, « et la peur d'une impossible destinée en est une tout autre. Naturellement, et pour finir, l'une et l'autre sont destructrices. Inutile de nous abandonner à de nouvelles hypothèses, puisque à ton retour tu nous apporteras sans doute des réponses à ces questions. Des réponses que nous serons en mesure de comprendre. Quand partiras-tu ?

— J'ai en tête de terminer ma symphonie », répondit le Prince Corum. « Cela me prendra un ou deux jours. Je partirai donc le lendemain matin du jour où je l'aurais achevée. »

Le Prince Khlonskey hocha sa vieille tête d'un air approbateur. « Je te remercie, mon fils. »

Quand il se fut retiré, le Prince Corum reporta son attention sur sa musique, mais il s'aperçut qu'il avait du mal à se concentrer. Son imagination se fixait sur la recherche qu'il avait accepté d'entreprendre. Une certaine émotion s'empara de lui. Il pensa que ce devait être de l'impatience. Quand il se mettrait en quête, ce serait la première fois de sa vie qu'il quitterait les environs du château d'Erorn.

Il s'efforça de se calmer car il allait à l'encontre des coutumes de sa race en se laissant dominer par une émotion excessive.

« Ce sera instructif de voir le reste de ce continent », murmura-t-il. « Je regrette de ne m'être pas davantage intéressé à la géographie. Je connais à peine les contours de Bro-an-Vadhagh, à plus forte raison le reste du monde. Peut-être devrais-je aller à la bibliothèque examiner quelques cartes et lire des récits de voyage. Oui, j'irai demain, ou après-demain. »

Le Prince Corum ne ressentait plus aucune impatience. Les Vadhaghs étaient des gens de grande longévité, habitués à agir en toute tranquillité, à envisager leurs actes avant de les accomplir, à passer des semaines ou des mois en méditation avant de s'engager dans quelque étude, ou d'exécuter un travail créateur.

Le Prince Corum décida donc d'abandonner sa symphonie, à laquelle il travaillait depuis quatre ans. Peut-être s'y remettrait-il à son retour, peut-être pas. Cela n'avait pas grande importance.

2

LE PRINCE CORUM S'EN VA

Ainsi, alors que la brume blanche du matin cachait les sabots de son cheval, le Prince Corum quitta le château d'Erorn pour commencer son périple.

La pâle clarté adoucissait encore les lignes du château, qui paraissait plus que jamais se fondre avec la haute roche sur laquelle il se dressait, de même que les arbres qui bordaient le sentier par lequel chevauchait Corum semblaient se perdre et se mêler à la brume, si bien que le paysage était une vision silencieuse d'ors éteints, de verts et de gris atténués, où jouaient les rayons rosés d'un soleil caché, lointain. Et, derrière l'éminence, la mer se faisait entendre, refluant de la côte.

Quand Corum parvint aux pins et aux bouleaux agréablement odoriférants de la forêt, un roitelet se mit à chanter, et le croassement d'un corbeau lui répondit, puis ils se turent tous deux, comme surpris eux-mêmes par les sons sortis de leurs gosiers.

Corum continua de progresser dans la forêt jusqu'à ce que le murmure de la mer se fût éteint derrière lui et que la brume commençât à céder le pas devant la lumière réchauffante du soleil levant. Il connaissait et aimait bien l'antique forêt, car c'était là qu'il avait chevauché dans son enfance, là qu'il avait appris l'art démodé de la guerre, mais que son père avait jugé aussi approprié que tout autre exercice pour donner à son corps vigueur et rapidité. En ce même lieu, il avait passé des journées entières à observer les petits animaux qui vivaient dans la forêt... la petite bête grise et jaune qui ressemblait à un cheval, avec une corne unique sur le front, et qui n'avait guère que la taille d'un chien, l'oiseau au plumage en éventail de couleurs éclatantes qui pouvait s'élever plus haut que l'œil ne pouvait voir et qui pourtant bâtissait son nid dans les terriers abandonnés par les renards et les blaireaux, le porc grand mais doux, au poil épais, noir et frisé, qui se nourrissait surtout de mousse, et tant d'autres encore.

Le Prince Corum s'apercevait qu'il avait presque oublié les plaisirs de la forêt tant il était resté enfermé dans le château. Un petit sourire lui effleura les lèvres tandis qu'il regardait autour de lui. La forêt durerait à jamais, songeait-il. Une telle beauté ne pouvait périr.

Toutefois, cette pensée — il ignorait pourquoi — le mit d'humeur mélancolique et il fit passer son cheval à une allure un peu plus rapide.

La monture ne demandait pas mieux que de galoper aussi vite que le voudrait Corum, car elle connaissait aussi la forêt et se réjouissait de se donner du mouvement. C'était un cheval vadhagh rouge, à la crinière et à la queue noir-bleu, grand, fort et gracieux, contrairement aux poneys sauvages au poil hirsute qui vivaient dans la forêt. Le cheval était caparaçonné de velours jaune et harnaché de deux fontes, de deux javelots, d'un simple bouclier rond fait de diverses épaisseurs de bois, de cuivre, de cuir et d'argent, d'un grand arc en os et d'un carquois abondamment garni de flèches. Dans l'une des fontes se trouvaient des vivres pour le voyage et dans l'autre des livres et des cartes, pour guider le voyageur et le distraire.

Le Prince Corum était coiffé d'un casque conique

en argent portant son nom gravé en trois caractères au-dessus de la courte visière — Corum Jhaelen Irsei, ce qui signifiait Corum le Prince à la Robe Ecarlate. C'était la coutume des Vadhaghs de choisir une robe de couleur distincte et de s'identifier par ce vêtement, tandis que les Nhadraghs recouraient à des armoiries et à des bannières plus compliquées. Corum avait revêtu sa robe. Elle avait des manches longues et larges, une ample jupe qui s'étalait sur la croupe du cheval et restait ouverte devant. Aux épaules était fixé un capuchon assez vaste pour envelopper le casque. La robe était faite de la mince peau d'une créature que l'on pensait originaire d'un autre Plan, mais dont les Vadhaghs eux-mêmes avaient oublié le nom. Le vêtement recouvrait une double cotte de mailles constituée de millions de chaînons minuscules. La couche externe était d'argent et l'interne de cuivre.

En dehors de l'arc et des javelots, Corum était armé d'une hache de guerre finement ouvragée, au long manche, et d'une longue et forte épée d'un métal sans nom fabriqué sur un Plan différent de la Terre, dont le pommeau et la garde d'argent s'ornaient d'onyx noir et rouge. Sa chemise était de brocart bleu, ses chausses et ses bottes étaient de cuir souple brossé, de même que sa selle incrustée d'ornements d'argent.

Les cheveux fins et argentés du Prince Corum sortaient de sous son casque et son visage jeune d'apparence portait une expression mi-introspective, mi-excitée à la perspective de découvrir pour la première fois les terres antiques de ses parents.

Il chevauchait seul parce que tous les invités du château y étaient indispensables, et il allait à cheval plutôt qu'en voiture parce qu'il désirait voyager le plus rapidement possible.

Il s'écoulerait des jours avant qu'il parvînt au premier des châteaux qu'il devait visiter, mais il s'efforçait d'imaginer les différences qu'il y aurait entre les demeures de ses parents ainsi que l'effet que produiraient sur lui les gens eux-mêmes. Il savait que, sans en avoir fait mention, son père avait pensé à cela en le priant d'accomplir cette mission.

Bientôt, Corum sortit de la forêt et arriva à la grande plaine de Broggfythus, où les Vadhaghs et les Nhadraghs s'étaient autrefois rencontrés en une bataille sanglante et mystique.

Dernier combat que se fussent livré les deux races ennemies, il avait, en son point culminant, fait rage sur les Cinq Plans à la fois. Ni vainqueur ni vaincu, mais la destruction des deux tiers de chacune des races. Corum avait entendu dire qu'il y avait maintenant de nombreux châteaux déserts dans le pays de Bro-an-Vadhagh, et bien des villes abandonnées dans les îles des Nhadraghs, de l'autre côté de l'eau, en face du château d'Erorn.

Vers le milieu de la journée, Corum se trouva au centre de Broggfythus, à l'endroit qui marquait la limite des territoires où il s'était promené dans son enfance. Là se voyaient encore les ruines envahies d'herbes folles de la vaste cité céleste qui, au cours de la bataille d'un mois livrée par ses ancêtres, était passée d'un Plan à un autre, brisant le fin tissu qui séparait les diverses dimensions de la Terre, jusqu'à l'instant où, s'écrasant enfin sur les rangs serrés de Vadhaghs et de Nhadraghs, elle les avait anéantis. Provenant d'un Plan différent, les pierres et le métal emmêlés de la cité céleste conservaient encore leur singulier effet de mouvance. Pour l'instant, la ville prenait l'apparence d'un mirage, à travers les herbes, les genêts et les bouleaux qui l'enlaçaient, et, pourtant, d'un mirage consistant.

En d'autres occasions, alors que rien ne le pressait, le Prince Corum avait pris plaisir à voir passer sa perspective d'un Plan à un autre, à contempler la ville sous divers aspects, mais c'était à présent un trop gros effort et les ruines diaphanes ne représentaient plus qu'un obstacle qu'il devait contourner en de multiples détours car sa circonférence dépassait trente kilomètres.

Il finit toutefois par atteindre le bord de la plaine de Broggfythus, et le soleil se coucha ; alors, il laissa derrière lui le monde qu'il connaissait pour continuer au sud-ouest, en des terres qu'il n'avait encore vues que sur ses cartes.

Il chevaucha avec régularité durant trois journées encore, puis, son cheval rouge manifestant des signes de fatigue, il campa et se reposa un temps dans une petite vallée où courait un ruisseau froid.

Corum mangea une tranche du pain léger mais nourrissant de son peuple et s'adossa au tronc d'un vieux chêne tandis que sa monture mâchonnait l'herbe sur la rive du cours d'eau.

Corum avait posé près de lui son casque d'argent ainsi que sa hache et son épée. Il respirait l'air pur en contemplant les sommets bleus, gris et blancs, des montagnes, au lointain.

C'était un pays plaisant et paisible, et le voyage était agréable. Il savait qu'en un temps la région avait été partagée entre plusieurs propriétaires vadhaghs, mais il n'en restait plus trace maintenant. On eût dit que les bâtisses s'étaient fondues dans le paysage ou avaient été englouties par le sol. Une fois ou deux, il avait observé des rocs de forme étrange, où s'étaient dressés des châteaux, mais ce n'étaient quand même que des roches. Il lui vint bien à l'esprit que c'étaient les restes d'habitations vadhaghs, mais son intellect se refusait à en admettre la possibilité. De telles imaginations étaient l'essence de la poésie, mais non de la raison.

Il sourit de sa propre sottise et s'installa plus confortablement contre son arbre. Encore trois jours, et il atteindrait le château de Crachah, où vivait sa tante, la Princesse Lorim. Il vit son cheval plier les jambes et se coucher sous les arbres pour dormir ; alors, il s'enveloppa dans son manteau écarlate, en rabattit le capuchon et s'endormit à son tour.

3

LE TROUPEAU DE MABDENS

Vers le milieu de la matinée suivante, le Prince Corum fut éveillé par des bruits qui, en quelque sorte, ne s'accordaient pas à la forêt. Son cheval les avait également entendus, car il s'était levé pour renifler l'air et montrait des signes de nervosité.

Corum fronça les sourcils et alla se laver les mains et le visage dans l'eau fraîche du ruisseau. Il s'immobilisa, l'oreille de nouveau tendue. Un choc sourd, un raclement. Un bruit métallique. Il lui sembla entendre une voix qui criait en aval, regarda dans cette direction et crut saisir un mouvement.

Corum retourna à l'endroit où il avait laissé son équipement. Il ramassa son casque, l'ajusta avec soin, boucla son ceinturon porte-épée à sa taille, passa la lanière de la hache sur son épaule de façon que l'arme lui pende derrière le dos. Puis il se mit à seller le cheval, qui buvait au ruisseau.

Les bruits se renforçaient et, pour une raison inexplicable, Corum sentit en son esprit une légère inquiétude. Il enfourcha sa monture mais continua de surveiller les environs.

Une marée de bêtes et de véhicules remontait la vallée. Certaines des créatures étaient vêtues de fer, de fourrures et de cuir. Corum devina qu'il s'agissait d'un troupeau de Mabdens. Du peu qu'il avait lu des habitudes des Mabdens, il savait que cette espèce appartenait en majeure partie au genre migrateur, constamment en déplacement ; après avoir épuisé les ressources d'une région, ils repartaient en quête de gibier frais et de récoltes sauvages. Il fut surpris de voir combien les épées, les boucliers et les casques que portaient certains des Mabdens ressemblaient aux armes d'attaque et de défense des Vadhaghs.

Ils approchaient et Corum continuait de les observer avec une intense curiosité, comme il eût étudié tout animal rencontré pour la première fois.

C'était une horde importante, qui voyageait sur des chariots de bois et de bronze martelé, aux ornements barbares, traînés par des chevaux à la robe en broussaille, aux harnais de cuir peints de rouges, de jaunes et de bleus éteints. Derrière les chars venaient des fourgons, les uns à ciel ouvert, d'autres munis de bâches. Peut-être ces derniers transportaient-ils les femelles, songea Corum, car il n'y en avait pas une seule en vue.

Les Mabdens avaient la barbe épaisse et sale, de longues moustaches flottantes, et leurs cheveux agglutinés sous le bord de leurs casques. Tout en progressant, ils se hurlaient des paroles et se passaient des outres à vin, de main en main. Corum, stupéfait, reconnut leur langue comme étant celle commune aux Vadhaghs et au Nhadraghs, bien que très corrompue et durcie. Ainsi les Mabdens avaient réussi à apprendre un langage évolué !

Il fut de nouveau envahi de ce sentiment inexplicable d'inquiétude. Il fit reculer son cheval sous l'ombre des arbres, tout en restant vigilant.

Maintenant, il voyait pourquoi tant de casques et d'armes lui étaient bien connus.

C'étaient des casques et des armes vadhaghs.

Il plissa le front. Les avaient-ils pris dans quelque vieux château abandonné ? Etaient-ce des présents ? Ou les avaient-ils volés ?

Les Mabdens avaient aussi des armes et des armures de leur propre et malhabile fabrication, visiblement des copies de productions vadhaghs aussi bien que d'objets nhadraghs. Quelques-uns arboraient des vêtements de brocart et de fil, dérobés sans nul doute, mais la plupart étaient couverts de manteaux en peau de loup, de capuchons en peau d'ours, de gilets et de chausses en peau de phoque, de vestes en chèvre, de jupons en lapin, de chaussures en peau de porc, de chemises en daim ou en laine. Certains portaient des chaînes d'or, de bronze ou de fer à leur cou, aux bras ou aux jambes, ou même tressées dans leurs cheveux sales.

A présent, ils commençaient à défiler devant Corum. Il dut réprimer un accès de toux quand leur odeur lui parvint aux narines. Beaucoup d'entre eux étaient ivres au point de manquer tomber sous les roues des chars. Les lourdes roues et les sabots des chevaux poursuivaient leur route pénible. Corum observa que les fourgons ne contenaient pas de femelles, mais bien du butin. C'était pour une grande part des trésors vadhaghs, il n'y avait pas à s'y méprendre.

Impossible d'interpréter les signes d'une autre manière. C'était un parti de guerriers... une horde en raid ou un groupe de pillards. Corum n'en était pas certain. Mais il avait du mal à croire que ces créatures aient pu récemment livrer combat à des guerriers vadhaghs et en sortir vainqueurs.

Maintenant, l'arrière-garde des chariots de la caravane passait devant lui et il vit que quelques Mabdens suivaient derrière, les mains liées aux véhicules par des cordes. Ces Mabdens ne portaient pas d'armes et presque pas de vêtements. Ils étaient maigres, ils avaient les pieds nus, ensanglantés, et ils gémissaient et criaient de temps à autre. Souvent, en réaction, le conducteur du char auquel ils étaient attachés poussait un juron ou un rire ou exerçait une brusque traction sur la corde pour faire tomber le prisonnier.

L'un d'eux buta, s'abattit et tenta désespérément

de se remettre debout pendant qu'il était traîné. Corum était horrifié. Pourquoi les Mabdens maltraitaient-ils ainsi leurs semblables ? Même les Nhadraghs, que l'on estimait plus cruels que les Vadhaghs, n'avaient pas infligé autrefois de telles souffrances à leurs captifs.

« Ce sont vraiment des brutes singulières », murmura Corum.

Un des Mabdens, en tête de la caravane, cria d'une voix forte et arrêta son char au bord du cours d'eau. Les autres chars et fourgons s'immobilisèrent à leur tour. Corum comprit qu'ils avaient l'intention de dresser le camp sur les lieux.

Fasciné, il continuait à les observer, figé sur son cheval, caché parmi les arbres.

Les Mabdens ôtaient les harnais des chevaux, pour les mener à l'eau. Ils prenaient des pots et des perches à cuisiner dans les fourgons, et s'affairaient à allumer des feux.

Avant le coucher du soleil, ils se mirent à manger, mais sans rien donner à leurs prisonniers, toujours enchaînés aux chars.

Quand ils eurent fini leur repas, ils s'adonnèrent de nouveau à la boisson, et bientôt plus de la moitié de la horde sombra dans l'inconscience. Affalés dans l'herbe, ils dormaient comme ils étaient tombés. D'autres roulaient sur le sol, se livrant à des luttes amicales qui tournaient vite à la sauvagerie, si bien que haches et couteaux entraient en jeu et que le sang coulait.

Le Mabden qui avait commandé la halte de la caravane rugit à l'adresse des combattants et s'avança en titubant parmi les groupes, une outre serrée dans une main, pour leur décocher des coups de pied tout en leur ordonnant de mettre fin à leurs bagarres. Deux d'entre eux refusèrent de l'écouter ; il tira son énorme hache de bronze de sa ceinture et l'abattit sur le crâne de l'homme le plus proche, fendant à la fois le casque et la tête. Un silence soudain s'établit sur le camp et Corum, avec une certaine difficulté, saisit ce que disait le chef.

« Par le Chien ! Je ne supporterai plus de telles discussions ! Pourquoi user vos énergies les uns contre les autres ? Vous aurez assez de distractions avec ceux-là ! » Il désignait de sa hache les prisonniers maintenant endormis.

Quelques-uns des Mabdens hochèrent la tête et éclatèrent de rire ; ils se levèrent et, dans la faible clarté du soir, partirent vers les captifs. Ils les réveillèrent à coups de pied, tranchèrent les cordes attachées aux chars et poussèrent les malheureux vers le centre du camp, où les guerriers qui n'avaient pas succombé aux vapeurs du vin se disposaient en cercle. Les prisonniers, bousculés jusqu'au centre du cercle, restaient immobiles, regardant les autres avec terreur.

Le chef s'avança, face aux malheureux.

« Quand nous vous avons enlevés de votre village, je vous ai affirmé que nous, les Denledhyssis, ne haïssions qu'une chose plus que les Shefanhows. Vous rappelez-vous ce que c'était ? »

Un des prisonniers marmonna, les yeux fixés sur le sol. Le chef mabden s'approcha rapidement, poussant le fer de sa hache sous le menton de l'homme pour lui faire lever la tête.

« Oui, tu as bien appris ta leçon, l'ami. Répète ! »

La langue du captif lui emplissait la bouche. Ses lèvres craquelées bougèrent de nouveau et il porta les yeux vers le ciel, les larmes lui coulant sur les joues, puis il hurla d'une voix farouche, qui se brisait :

« Ceux qui lèchent l'urine des Shefanhows ! »

Puis un grand gémissement le secoua et il poussa des cris aigus.

Le chef sourit, ramena sa hache en arrière et en planta le manche dans le ventre de l'homme, coupant net ses cris et le pliant en deux de douleur.

Corum n'avait encore jamais été témoin d'une telle cruauté et son front se plissa davantage quand il vit les Mabdens lier leurs victimes à des piquets plantés dans le sol, puis s'attaquer à leurs membres avec des couteaux et des brandons, les brûlant et les découpant de telle façon qu'elles ne mouraient pas, mais se tordaient de souffrance.

Le chef riait à ce spectacle, sans toutefois participer lui-même aux sévices.

« Oh ! vos esprits se souviendront de moi quand ils se mêleront aux démons shefanhows dans les Fosses du Chien ! » gloussait-il. « Oh oui ! ils se souviendront du Comte des Denledhyssis, Glandyth-a-Krae, le Fléau des Shefanhows ! »

Corum eut du mal à comprendre ce que ces noms signifiaient. « Shefanhow » pouvait être une forme bâtarde du mot vadhagh « Sefano », qui voulait dire en gros « diable ». Mais pourquoi ces Mabdens se qualifiaient-ils de « Denledhyssis »... corruption certaine de « Donledyssi », dont le sens était « assassin » ? Etaient-ils fiers d'être des tueurs ? Et Shefanhow était-il un terme général pour désigner leurs ennemis ? Et leurs ennemis étaient-ils donc d'autres Mabdens, comme cela paraissait probable ?

Intrigué, Corum secouait la tête. Il comprenait les motivations et le comportement d'animaux moins évolués beaucoup plus facilement que ceux des Mabdens. Il éprouvait de la difficulté à conserver une attitude objective devant leurs coutumes et se sentait de plus en plus troublé par eux. Il dirigea son cheval vers les profondeurs de la forêt et s'éloigna.

La seule explication qu'il trouvait pour le moment, c'était que l'espèce des Mabdens avait subi un processus d'évolution et de régression plus rapide que la plupart des autres. Il était possible que ceux-là fussent les derniers de leur race, devenus déments. Dans ce cas, c'était la folie qui les jetait contre leurs semblables, tels des renards enragés.

Il éprouvait maintenant un sentiment de panique, aussi lança-t-il sa monture au triple galop pour gagner le château de Crachah. La Princesse Lorim, vivant plus près des hordes de Mabdens, lui fournirait peut-être des réponses plus nettes aux questions qu'il se posait.

4

LE POISON DE LA BEAUTÉ
LA MORT DE LA VÉRITÉ

En dehors de feux éteints et d'ordures, le Prince Corum ne releva plus trace des Mabdens avant de franchir les hautes et vertes collines qui fermaient le val de Crachah. Il chercha alors des yeux le château de la Princesse Lorim.

La vallée était abondamment garnie de peupliers, d'ormes et de bouleaux ; elle paraissait paisible sous la douce lumière du début d'après-midi. Mais où donc se trouvait le château, se demandait-il.

Il tira de nouveau sa carte, qu'il avait glissée sous sa cotte de mailles, et la consulta. Le château aurait dû se dresser au centre de la vallée, entouré de six rangs de peupliers et de deux d'ormes, les plus extérieurs. Il releva la tête.

Oui, les cercles de peupliers et d'ormes étaient bien là. Mais, près du centre du cercle, pas de château, seulement un nuage de brume.

Cependant, par une telle journée, il n'aurait pas dû y avoir de brume. Ce ne pouvait être que de la fumée.

Le Prince dévala la pente.

Il galopa jusqu'au premier rideau d'arbres et regarda entre les troncs, mais sans rien distinguer encore. Toutefois, il renifla la fumée.

Il franchit d'autres lignes d'arbres ; maintenant, la

fumée lui piquait les yeux et la gorge et il apercevait au travers quelques formes noires.

Il franchit le dernier cercle de peupliers et éprouva un début d'étouffement quand la fumée lui emplit les poumons. Il s'efforçait, de ses yeux humides, de reconnaître les formes sombres. Des roches hérissées, des tas de pierres, du métal gondolé, des poutres brûlées.

Le Prince Corum voyait une ruine. Et c'était sans nul doute celle du château de Crachah. Une ruine fumante. C'était l'incendie qui avait détruit le château de Crachah. Le feu en avait également dévoré les habitants, car à présent Corum, en poussant sa monture, qui renâclait, jusqu'en bordure des ruines, distinguait des squelettes carbonisés. Et plus loin se voyaient les traces de la bataille. Un char mabden brisé. Quelques cadavres de Mabdens. Une vieille femme vadhagh hachée en morceaux.

Déjà les corneilles et les corbeaux commençaient leur approche indirecte, malgré la fumée.

Le Prince Corum entrevoyait ce que pouvait être le chagrin. Il pensait que l'émotion qu'il ressentait en était une manifestation.

Il lança un appel dans l'espoir qu'un habitant du lieu eût survécu, mais il n'obtint pas de réponse. Lentement, le Prince Corum fit volte-face.

Il partit vers l'est. Vers le château de Sarn.

Il chevaucha à allure régulière une semaine durant, et son chagrin persistait, mêlé cependant d'une autre émotion lancinante. Il inclinait à croire que c'était la peur.

Sarn était situé au sein d'une épaisse forêt d'ormes. On y arrivait par un sentier descendant. Le Prince et sa monture, fatigués tous les deux, s'y engagèrent. De petits animaux se sauvaient devant eux et une fine pluie tombait du ciel morose. Ici, point de fumée. Et, quand Corum parvint en vue du château, il constata qu'il ne brûlait plus. Ses pierres noircies étaient refroidies. Corbeaux et choucas avaient déjà dévoré les cadavres, puis étaient repartis en quête d'autres charognes.

Alors, les larmes montèrent aux yeux du Prince pour la première fois. Il descendit de cheval, enjamba les pierres et les squelettes, puis s'assit, regardant tout autour de lui.

Il resta ainsi plusieurs heures, puis un son lui échappa de la gorge. Il ne l'avait jamais entendu et ne put lui donner un nom. C'était un bruit ténu qui ne pouvait pas exprimer ce qui dominait son esprit stupéfait. Il n'avait jamais connu le Prince Opash, bien que son père lui en eût parlé avec grande affection. Il n'avait jamais connu la famille et ses clients qui avaient habité le château de Sarn. Mais il pleura sur eux jusqu'à ce qu'enfin, épuisé, il s'allongeât sur une dalle fendue et plongeât dans un sombre sommeil.

La pluie tombait toujours sur la robe écarlate de Corum. Elle battait les ruines et lavait les ossements. Le cheval rouge avait cherché abri sous les arbres et s'était couché. Pendant un moment encore il mâchonna l'herbe tout en observant son maître étendu sur la pierre. Puis lui aussi s'endormit.

Quand Corum s'éveilla et enjamba les décombres pour rejoindre son cheval, il était dans l'incapacité de réfléchir. Il savait maintenant que ces destructions étaient l'œuvre des Mabdens, car les Nhadraghs n'avaient pas pour coutume de brûler les châteaux de leurs ennemis. De plus, Nhadraghs et Vadhaghs vivaient en paix depuis des siècles. Ils avaient oublié comment faire la guerre, de part et d'autre.

Corum avait songé que les Mabdens avaient pu être poussés à ces destructions par les Nhadraghs, mais c'était très improbable. Il existait un antique code de guerre, que les deux races avaient toujours respecté, si farouches qu'aient été les combats. Et, avec le déclin de leurs populations, les Nhadraghs n'avaient plus eu besoin de territoires d'expansion, et les Vadhaghs n'avaient plus eu à défendre leurs biens.

Le visage amaigri de fatigue et de tension, couvert de poussière où les larmes avaient tracé des sillons, le Prince Corum fit se dresser son cheval et le monta, prenant la direction du Nord, pays du château de Gal. Il gardait un peu d'espoir. Il espérait que les troupeaux de Mabdens ne voyageaient que dans le Sud et l'Est, que le Nord n'aurait pas encore subi leurs déprédations comme l'Ouest.

Un jour après, s'étant arrêté pour abreuver son cheval au bord d'un petit lac, il porta les yeux vers l'horizon de la lande et vit une nouvelle fois s'élever des spirales de fumée. Il consulta sa carte. Aucun château n'y figurait en cet endroit.

Il hésita. La fumée provenait-elle d'un autre campement de Mabdens ? Dans ce cas, peut-être détenaient-ils des prisonniers que Corum devait tenter de délivrer. Il décida de s'acheminer vers le point d'origine de la fumée.

Elle montait de plusieurs foyers constituant un camp de Mabdens, mais permanent, assez semblable aux petites agglomérations des Nhadraghs, mais beaucoup plus primitif. Un amas de cabanes en pierre, basses, aux toits de chaume, avec des cheminées d'ardoise d'où sortait la fumée.

Autour de ce village s'étendaient des champs qui avaient visiblement fourni des récoltes, bien qu'ils fussent dénudés pour le moment, et des prairies où paissaient quelques vaches.

Sans savoir pourquoi, Corum n'éprouvait pas devant ce camp la même méfiance qu'en présence de la caravane de Mabdens ; il n'en approcha pas moins avec prudence, arrêtant son cheval à une centaine de mètres de distance et cherchant des signes de vie.

Il attendit une heure, sans rien voir.

Il s'avança jusqu'à moins de cinquante mètres de

la maisonnette la plus proche. Nul Mabden ne sortit de la porte basse, ni des cabanes voisines.

Corum toussa pour s'éclaircir la gorge.

Un enfant se mit à pleurer, mais ses cris furent aussitôt étouffés.

« Mabdens ! » lança Corum, d'une voix que la fatigue et le chagrin rendaient rauque. « Je voudrais vous parler. Pourquoi ne sortez-vous pas de vos demeures ? »

De la cabane voisine une voix répondit. On y devinait un mélange de peur et de colère.

« Nous n'avons fait aucun mal aux Shefanhows. Et ils ne nous ont jamais nui. Mais, si nous vous parlons, les Denledhyssis reviendront nous prendre encore de la nourriture, nous tuer des hommes et violer nos femmes. Allez-vous-en, seigneur Shefanhow, nous vous en supplions. Nous avons mis à manger dans le sac près de la porte. Emportez-le et laissez-nous ! »

Corum remarqua alors le sac. Ainsi, c'était une offrande à son intention ? Ignoraient-ils donc que leur lourde nourriture ne convenait pas à un estomac de Vadhagh ?

« Je ne veux pas de vos aliments, Mabdens ! » répondit-il.

« Alors, que désirez-vous, seigneur Shefanhow ? Nous ne possédons rien de plus que nos âmes.

— Je ne comprends pas ce que vous voulez dire. Je cherche les réponses à certaines questions.

— Les Shefanhows savent tout. Nous ne savons rien.

— Pourquoi craignez-vous les Denledhyssis ? Pourquoi me traitez-vous de démon ? Nous autres, Vadhaghs, ne vous avons jamais causé de torts.

— Les Denledhyssis vous appellent Shefanhows. Et, parce que nous vivons en paix avec votre peuple, les Denledhyssis nous en punissent. Ils disent que les Mabdens doivent tuer les Shefanhows — les Vadhaghs et les Nhadraghs — parce que vous êtes le mal. Ils disent que nous sommes criminels en laissant vivre le mal. Ils disent que les Mabdens ont été placés sur la Terre pour détruire les Shefanhows. Les Denledhyssis sont les serviteurs du grand Comte Glandyth-a-Krae, dont le suzerain est notre suzerain, le Roi Lyr-a-Brode, dont la ville de pierre, Kalenwyr, se trouve dans les hautes terres du Nord-Est. Saviez-vous tout cela, seigneur Shefanhow ?

— Je l'ignorais », répondit doucement le Prince Corum en faisant exécuter une volte à sa monture, « et, maintenant que je le sais, je ne comprends toujours pas ». Il éleva la voix : « Adieu, Mabdens ! Je ne vous donnerai plus de raisons de me craindre... » Il s'interrompit un instant ; « ... mais encore une chose...

— Laquelle, seigneur ? » s'enquit la voix inquiète.

« Pourquoi un Mabden tue-t-il un autre Mabden ?

— Je ne comprends pas, seigneur.

— J'ai vu des êtres de votre race en tuer d'autres. Cela arrive-t-il souvent ?

— Oui, seigneur. Cela nous arrive très souvent. Nous punissons ceux qui enfreignent la loi. Pour faire un exemple devant ceux qui envisageraient de violer la loi. »

Le Prince soupira. « Merci, Mabdens. Je m'en vais. »

Le cheval rouge partit au trot sur la lande, laissant le village derrière lui.

Le Prince Corum savait maintenant que la puissance des Mabdens s'était plus accrue que les Vadhaghs n'auraient pu le soupçonner. Ils avaient un ordre social primitif mais complexe, avec des chefs de rang différent. Des colonies permanentes d'importance très diverse. Il semblait que la plus grande partie de Bro-an-Vadhagh fût dominée par un seul homme, le Roi Lyr-a-Brode. Son nom l'indiquait, signifiant dans leur dialecte avili quelque chose comme le Roi de Toute la Terre !

Corum se rappelait des rumeurs. Les châteaux des Vadhaghs étaient tombés aux mains de ces demi-bêtes. Les îles des Nhadraghs leur appartenaient entièrement.

Et la rumeur ajoutait que certains Mabdens consacraient toute leur vie à chercher les membres des races anciennes pour les anéantir. Pourquoi ? Les anciennes races ne menaçaient pas l'Homme. Quelle menace auraient-elles représenté pour une espèce aussi prolifique et sauvage ? Tout ce que possédaient les Vadhaghs et les Nhadraghs, c'était la connaissance. Les Mabdens avaient-ils donc peur du savoir ?

Durant dix jours, avec deux haltes pour se reposer, le Prince Corum chevaucha au nord, mais il avait à présent une idée différente de ce que serait le château de Gal quand il y parviendrait. Il devait toutefois aller s'en assurer. Et avertir le Prince Faguin et sa famille du danger, s'ils vivaient encore.

Le Prince apercevait souvent des villages de Mabdens et les évitait. Certains avaient les mêmes dimensions que le premier qu'il avait vu, mais beaucoup étaient plus vastes, construits autour de sombres tours de pierre. Il côtoyait parfois des bandes de guerriers à cheval et seuls ses sens plus aigus de Vadhagh lui permettaient de les déceler avant qu'ils l'eussent découvert.

Une fois, au prix d'un effort considérable, il fut dans l'obligation de passer avec sa monture dans la dimension voisine pour éviter la rencontre avec les Mabdens. Il les avait regardés passer à moins de quatre mètres de lui, dans l'incapacité totale où ils étaient de le voir. Comme ceux qu'il avait observés précédemment, ils n'allaient pas à cheval, mais sur des chars que traînaient des poneys hirsutes. En voyant leurs visages piquetés de maladie, enduits d'une épaisse couche de graisse et de crasse, leurs corps chamarrés d'ornements barbares, il s'étonnait de leur pouvoir de destruction. Il lui était difficile de croire que des bêtes aussi inintelligentes, qui ne semblaient nullement douées de seconde vue, pussent mettre en ruine les grands châteaux vadhaghs.

Le Prince à la Robe Ecarlate parvint enfin au pied de la colline que surmontait le château de Gal.

Il vit les tourbillons de fumée noire et les flammes dansantes et comprit vers quelle nouvelle expédition les sauvages Mabdens s'étaient éloignés sur leurs chars.

Mais ici le siège avait été beaucoup plus long, semblait-il. La bataille avait dû faire rage pendant bien des jours. Les Vadhaghs avaient été mieux préparés au château de Gal. Dans l'espoir de trouver encore quelque parent qu'il pût sauver, Corum lança son cheval à l'assaut de la colline.

Mais le seul être qui vécût encore de l'autre côté du château en flammes, c'était un Mabden qui geignait, abandonné par ses compagnons. Corum ne lui accorda pas son attention.

Il trouva les cadavres de trois des siens. Pas un seul n'était mort rapidement, pas un n'avait échappé à ce que les Mabdens considéraient sans doute comme une humiliation. Il y avait deux guerriers que l'on avait dépouillés de leurs armes et de leur armure. Et il y avait un enfant. Une fillette de six ans environ.

Corum s'inclina et recueillit les morts un par un, pour les porter dans le feu qui les consumerait. Puis il retourna près de son cheval.

Le Mabden blessé lança un appel. Corum s'immobilisa. Ce n'était pas l'accent habituel des Mabdens.

« Au secours, maître ! »

C'était la langue liquide des Vadhaghs et des Nhadraghs.

Un Vadhagh déguisé en Mabden pour échapper à la mort ? Corum revint sur ses pas, menant son cheval à travers les volutes de fumée.

Il examina le Mabden. L'homme portait une épaisse casaque en peau de loup que recouvrait une semi-cotte de mailles en fer, un casque, qui avait glissé, lui cachant presque toute la figure. Corum tira sur le casque, le jeta de côté, et resta bouche bée.

Ce n'était pas un Mabden. Ni un Vadhagh. C'était le visage ensanglanté d'un Nhadragh, sombre, les traits aplatis, les cheveux implantés presque au ras des sourcils.

« Secourez-moi, maître ! » répéta le Nhadragh. « Je ne suis pas trop grièvement blessé. Je peux encore servir.

— A qui, Nhadragh ? » fit doucement Corum. Il arracha un morceau de la manche du blessé pour essuyer le sang qui lui coulait dans les yeux. Le Nhadragh cligna les paupières et le regarda ensuite fixement.

« Qui servirais-tu, Nhadragh ? Me servirais-tu ? »

Les yeux du blessé s'éclaircirent, puis se chargèrent d'une émotion qui devait être la haine, supposa Corum.

« *Un Vadhagh !* » gronda l'autre. « Un Vadhagh vivant !

— Oui, je suis en vie. Pourquoi me haïssez-vous ?

— Tous les Nhadraghs haïssent les Vadhaghs. Depuis une éternité ! Pourquoi n'êtes-vous pas mort ? Vous vous cachiez ?

— Je ne suis pas du château de Gal.

— Alors, j'avais raison. Ce n'était pas le dernier château vadhagh. » L'individu s'efforça de bouger, de tirer son couteau, mais, trop faible, retomba en arrière.

« La haine ne possédait pas les Nhadraghs autrefois », dit Corum. « Vous convoitiez nos terres, oui. Mais vous nous combattiez *sans haine,* comme nous luttions sans haine. Ce sont les Mabdens qui vous ont enseigné la haine, Nhadragh, et non vos ancêtres. Ils avaient le sens de l'honneur. Vous pas. Comment un membre d'une race ancienne peut-il se faire l'esclave des Mabdens ? »

Les lèvres du blessé ébauchèrent un sourire.

« Tous les Nhadraghs qui survivent sont les esclaves des Mabdens depuis deux cents ans. Ils ne nous permettent de vivre que pour nous utiliser comme des chiens, pour flairer la présence de ceux qu'ils appellent les Shefanhows. Nous leur avons juré fidélité pour conserver la vie.

— Mais ne pouviez-vous leur échapper ? Il y a d'autres Plans.

— Les autres Plans nous étaient interdits. Nos historiens prétendent que la dernière grande bataille entre Vadhaghs et Nhadraghs a rompu l'équilibre des Plans au point que les dieux nous les ont interdits...

— Et de plus vous avez réappris la superstition », s'exclama Corum. « Ah ! que nous font donc ces Mabdens ? »

Le Nhadragh se mit à rire, son rire devint une toux et le sang lui sortit de la bouche pour couler sur le menton. Tandis que Corum l'épongeait, l'autre répondit : « Ils nous remplacent, Vadhagh. Ils apportent les ténèbres et la terreur. Ils sont le poison de la beauté et la mort de la vérité. Le monde est devenu mabden. Nous n'avons plus droit à l'existence. La nature nous abhorre. Nous ne devrions plus être ici ! »

Corum soupira. « Est-ce votre idée, ou la leur ?
— C'est un fait. »
Corum haussa les épaules. « Peut-être.
— C'est un fait, Vadhagh. Il faudrait être fou pour le nier.
— Vous disiez que vous ne croyiez pas que ce château était le dernier des nôtres.
— Oui. Je sentais qu'il y en avait encore un. Je le leur ai dit.
— Et ils sont partis pour le trouver ?
— Oui. »
Corum saisit l'individu par l'épaule. « Où cela ? »
Le Nhadragh sourit. « Où ? Où, sinon à l'ouest ? »
Corum courut jusqu'à son cheval.

« Restez ! » gémit le Nhadragh. « Tuez-moi, je vous en prie, Vadhagh ! Ne me laissez pas souffrir !
— Je ne sais pas tuer », répondit Corum en enfourchant son cheval.

« Alors, il faut apprendre, Vadhagh. Il faut apprendre ! » cria le mourant tandis que Corum précipitait sa monture au galop pour redescendre la colline.

5

UNE LEÇON BIEN APPRISE

Et ce fut le château d'Erorn, avec ses tours teintées environnées de flammes avides. Et la mer continuait de tonner dans les vastes et noires cavernes du promontoire sur lequel se dressait Erorn, et il semblait que la mer protestât, que le vent hurlât sa colère, que les lames écumantes tentassent désespérément d'inonder les flammes victorieuses.

Le château d'Erorn frémissait en périssant et les Mabdens barbus riaient de sa chute, secouant les ornements de bronze et d'or accrochés à leurs chars, jetant des regards triomphants sur les quelques cadavres disposés en demi-cercle devant eux.

Des cadavres de Vadhaghs.

Quatre femmes et sept hommes.

Dans les ombres, de l'autre côté de l'arche naturelle de roc qui menait au promontoire, Corum pouvait distinguer les visages sanglants et les reconnaître tous. Son père, le Prince Khlonskey. Sa mère, Colatalarna. Ses sœurs, les jumelles Ilastru et Pholhinra. Son oncle, le Prince Rhanan. Setrada, sa cousine. Et les cinq clients, cousins aux deuxième et troisième degrés.

Par trois fois Corum compta les corps tandis que son froid chagrin se muait en fureur en entendant les bouchers s'interpeller dans leur langue brutale.

Trois fois il les compta, puis il les regarda encore et son visage devint réellement démoniaque.

Le Prince Corum avait à la fois appris le chagrin et découvert la peur. Maintenant, il connaissait la fureur.

Deux semaines durant il avait chevauché sans relâche dans l'espoir d'arriver avant les Denledhyssis pour avertir ses parents de la venue des barbares. Et il était parvenu au château quelques heures trop tard.

Les Mabdens avaient avancé dans toute leur arrogance issue de l'ignorance et anéanti ceux dont la fierté se fondait sur la sagesse. Ainsi allait le monde. Sans nul doute le père de Corum, le Prince Khlonskey, y avait-il songé en se faisant hacher sous les coups d'une arme volée aux Vadhaghs. Mais en ce moment Corum ne trouvait plus le réconfort de cette philosophie dans son cœur.

Ses yeux s'assombrissaient de colère, à l'exception des iris, qui viraient à un or éclatant. Il prit en main son long javelot et poussa son cheval fatigué sur le pont, dans la nuit percée de flammes, vers les Denledhyssis.

Ils se prélassaient sur leurs chars, à s'inonder de doux vin vadhagh le visage et le gosier. Le bruit de la mer et les craquements de l'incendie couvrirent l'approche de Corum jusqu'au moment où sa lance transperça la figure d'un Denledhyssi, qui poussa un cri aigu.

Corum venait d'apprendre à tuer.

Il dégagea la pointe de son javelot et frappa à la nuque le compagnon du mort qui se redressait. Il fit tourner l'arme dans la plaie.

Corum apprenait la cruauté.

Un autre Denledhyssi leva son arc et encocha la flèche, mais Corum lança le javelot, qui transperça la cuirasse de bronze de l'ennemi, lui pénétra dans le cœur et l'envoya basculer par-dessus la ridelle du char.

Corum prit son second javelot.

Mais son cheval ne réagissait plus. Il l'avait mené jusqu'à l'épuisement et maintenant il répondait à peine aux commandements. Déjà les hommes des chars plus éloignés fouettaient leurs poneys et concentraient leurs véhicules lourds et grinçants pour attaquer le Prince à la Robe Ecarlate.

Une flèche frôla Corum, qui chercha des yeux l'archer et poussa son cheval en avant pour s'en approcher et lui planter son javelot dans l'œil droit, puis le retira juste à temps pour parer un coup de glaive d'un autre Mabden.

Le javelot à monture de métal détourna la lame. Corum se servit de ses deux mains pour retourner son arme et en planter le manche dans la figure de l'homme à l'épée, qui fut projeté hors du char.

Maintenant, les autres chars de combat arrivaient sur lui parmi les ombres mouvantes que dessinaient les flammes en dévorant le château d'Erorn.

Ils étaient conduits par un être que Corum reconnut. Il riait et hurlait en faisant tournoyer son énorme hache de guerre au-dessus de sa tête.

« Par le Chien ! Un Vadhagh saurait-il donc se battre comme un Mabden ? Tu as appris trop tard, l'ami ! Tu es le dernier de ta race ! »

C'était Glandyth-a-Krae, dont les yeux gris étincelaient, dont la bouche cruelle ricanait, découvrant des crocs jaunis.

Corum lança son javelot.

La hache tournoyante le détourna et le char de Glandyth n'hésita pas un instant.

Corum décrocha sa propre hache et attendit, mais à cet instant les jambes du cheval cédèrent et l'animal s'écroula sur le sol.

Corum, au désespoir, dégagea ses pieds des étriers, saisit sa hache à deux mains, et fit un bond en arrière et sur le côté quand le véhicule arriva sur lui. Il voulut frapper Glandyth-a-Krae mais n'atteignit que la bordure de cuivre du char. La violence du coup lui engourdit les doigts et il faillit lâcher sa hache. Il avait à présent la respiration difficile et chancelait sur ses jambes. D'autres chars passaient de part et d'autre, une épée sonna sur son casque. Etourdi, il tomba sur un genou. Un javelot l'atteignit à l'épaule et il s'écroula sur le sol retourné.

Alors, Corum apprit la ruse. Au lieu d'essayer de se relever, il resta étendu à terre jusqu'à ce que tous les chars eussent passé. Avant qu'ils aient pu faire demi-tour, il se remit sur pied. Il avait l'épaule endolorie, mais le javelot ne l'avait pas transpercée. Il se mit à tituber dans les ténèbres pour tenter d'échapper aux barbares.

Mais ses pieds rencontrèrent un obstacle mou ; il baissa les yeux, vit le corps de sa mère et ce qu'on lui avait fait subir avant qu'elle meure. Un grand frémissement monta de sa gorge, les larmes l'aveuglèrent. Il raffermit la prise de sa main gauche sur le manche de la hache et tira péniblement son épée en hurlant : « Glandyth-a-Krae ! »

Et Corum connut le désir de vengeance.

Le sol tremblait sous les roues et les sabots emballés qui revenaient sur lui. La tour la plus élevée du château s'écroula soudain dans un grondement parmi les flammes, qui montèrent plus haut, éclairant la nuit pour révéler le Comte Glandyth, qui fouettait ses chevaux en courant sus à Corum.

Corum se tenait debout au-dessus du corps de sa mère, la bonne Princesse Colatalarna. Son premier coup fendit la tête du cheval de flèche, qui tomba, entraînant les autres dans sa chute.

Le Comte Glandyth, projeté en avant, faillit être éjecté du char et se mit à pousser des jurons. Derrière lui, deux conducteurs s'efforcèrent de retenir leurs attelages pour éviter la collision avec leur chef. Les autres, ne comprenant pas pourquoi les premiers s'arrêtaient, tirèrent aussi sur les rênes.

Corum enjamba les corps des chevaux et porta un coup d'épée au cou de Glandyth, mais le gorgerin le protégea. Une grosse tête hirsute se tourna et des yeux gris pâle fixèrent Corum. Puis Glandyth sauta à bas du char, Corum bondit et se trouva face à face avec celui qui avait anéanti sa famille.

Ils s'affrontaient dans la clarté de l'incendie, haletant comme des renards, courbés en deux, prêts à se précipiter.

Corum fit le premier mouvement, piquant de l'épée dans la direction de Glandyth et balançant sa hache en même temps.

Le Mabden esquiva l'épée d'un bond et détourna le fer de la hache, décochant en même temps un coup de pied au ventre de Corum, mais le manquant.

Ils se mirent à tourner en rond, les yeux noir et or de Corum fixés sur les prunelles grises du Comte.

Cela dura quelques minutes, sous les regards des autres Mabdens. Les lèvres de Glandyth remuèrent, amorçant un mot, mais le Prince sauta sur lui et cette fois le métal étranger de sa mince lame perça l'armure de Glandyth au défaut de l'épaule et glissa à l'intérieur. Glandyth émit un sifflement et sa hache tournoya pour frapper l'épée avec une telle force qu'elle fut arrachée de la main endolorie de Corum et tomba à terre.

« Maintenant », murmura Glandyth comme pour lui-même. « Maintenant, Vadhagh. Mon destin n'est pas de mourir des mains d'un Shefanhow. »

Corum leva sa hache.

De nouveau Glandyth esquiva.

De nouveau sa hache s'abattit.

Et cette fois celle de Corum lui échappa des mains et il resta sans défense devant le Mabden, qui souriait.

« Mais mon destin est de massacrer les Shefanhows ! » s'écria-t-il, la bouche tordue en un rictus.

Corum fonça sur Glandyth pour tenter de le désarmer. Mais il avait épuisé ses dernières forces. Il était trop faible.

Glandyth cria à ses hommes : « Par le Chien ! les gars, débarrassez-moi de ce démon ! Ne le tuez pas ! Nous prendrons tout notre temps avec lui. Après tout, c'est le dernier Vadhagh avec lequel nous aurons jamais une chance de nous amuser ! »

Corum les entendit rire et se débattit quand ils le saisirent. Il criait comme un homme en proie à la fièvre sans même savoir ce qu'il disait.

Puis un Mabden lui ôta son casque d'argent, un autre lui assena un coup du pommeau de son glaive sur la tête, et le corps du Prince s'affala soudain. Il sombra dans le noir réconfortant.

6

LA MUTILATION DE CORUM

Le soleil s'était levé et couché deux fois lorsque Corum reprit ses esprits pour se trouver couvert de chaînes à l'arrière d'un fourgon mabden. Il voulut lever la tête pour jeter un coup d'œil par la fente de la bâche, mais il ne vit rien, sinon qu'il faisait jour.

Pourquoi ne l'avaient-ils pas tué ? se demandait-il. Puis il frissonna en songeant qu'ils attendaient son réveil pour lui faire subir une mort très lente et très douloureuse.

Avant de partir pour son voyage, avant d'avoir vu ce qu'il était advenu des châteaux vadhaghs, avant d'avoir contemplé la désolation de Bro-an-Vadhagh, il aurait pu accepter son sort et se préparer à mourir comme le faisaient ses semblables, mais les leçons apprises restaient en lui. Il haïssait les Mabdens. Il pleurait sur ses morts. Il les vengerait s'il le pouvait. Ce qui signifiait qu'il devait rester en vie.

Il referma les yeux pour conserver ses forces. Il disposait d'un moyen pour échapper aux Mabdens, c'était de laisser passer son corps sur un autre Plan, où ils ne pourraient même pas le voir. Mais cela exigerait une forte dépense d'énergie et il était inutile de le tenter tant qu'il était dans le fourgon.

Les voix gutturales des Mabdens lui parvenaient de temps à autre mais il ne saisissait pas leurs paroles. Il dormit.

Il s'agita. Quelque chose de froid le frappait au visage. Il cligna les paupières. C'était de l'eau. Il ouvrit les yeux et vit les Mabdens debout autour de lui. On l'avait descendu du fourgon et il gisait sur le sol. Des feux brûlaient à proximité, dans la nuit.

« Le Shefanhow est revenu parmi nous, maître ! » cria celui qui l'avait aspergé. « Je crois qu'il est tout prêt pour nous ! »

Corum fit la grimace quand il voulut se dresser dans ses chaînes, des douleurs dans tout le corps. Même s'il parvenait à s'échapper sur un autre Plan, les chaînes le suivraient. Il ne serait guère avancé. A titre d'expérience, il chercha à voir dans le Plan voisin, mais il eut vite mal aux yeux et abandonna.

Le Comte Glandyth-a-Krae apparut, se frayant un passage entre ses hommes. Ses yeux pâles regardaient Corum avec une expression triomphante. Il porta sa main à sa barbe, nouée en plusieurs tresses et ornée d'anneaux d'or volés. Il sourit. D'un geste presque tendre, il allongea le bras et mit Corum sur ses pieds. Les chaînes et l'espace restreint du fourgon lui avaient coupé la circulation dans les jambes. Elles plièrent sous lui.

« Rodlik ! Ici, mon gars ! » lança Glandyth derrière lui.

« J'arrive, maître ! » Un garçon roux d'environ quatorze ans vint en trottant. Il portait un souple brocart vadhagh, de vert et de blanc, un bonnet d'hermine sur la tête, de souples bottes de daim aux pieds. Le visage pâle et marqué d'acné, il avait plutôt bonne apparence pour un Mabden. Il s'agenouilla devant le Comte Glandyth. « Oui, seigneur ?

— Aide le Shefanhow à se tenir debout, petit. » Il y avait comme une note affectueuse dans la voix basse et dure de Glandyth quand il s'adressait au jeune garçon. « Aide-le, Rodlik ! »

Rodlik se releva et prit Corum par le coude pour le soulever. La main de l'enfant était froide, agitée de frémissements. Tous les Mabdens regardaient Glandyth avec impatience. Il ôta d'un geste négligent son lourd casque et secoua sa chevelure frisée et graisseuse.

Corum observait aussi Glandyth. Il étudiait le visage rougeaud de l'homme. Il conclut que les yeux gris reflétaient peu de véritable intelligence, mais beaucoup de méchanceté et d'orgueil.

« Pourquoi avez-vous détruit tous les Vadhaghs ? » demanda Corum d'un ton calme. Il avait du mal à remuer les lèvres. « Pourquoi, Comte de Krae ? »

Glandyth le regarda d'un air surpris et fit attendre sa réponse. « Vous devriez le savoir. Nous avons horreur de votre sorcellerie. Vos airs supérieurs nous dégoûtent. Nous convoitons vos terres et ceux de vos biens qui nous sont utiles. Alors, nous vous tuons. » Il sourit. « De plus, nous n'avons pas détruit *tous* les Vadhaghs. Pas encore. Il en reste un.

— Oui », acquiesça Corum. « Et un qui vengera son peuple s'il en a la chance.

— Non. » Glandyth mit les mains aux hanches. « Il ne l'aura pas.

— Vous dites avoir horreur de notre sorcellerie. Mais nous n'en pratiquons aucune. Simplement quelques connaissances, un peu de seconde vue...

— Ha ! Nous avons vu vos châteaux et les instruments maléfiques qu'ils contenaient. Nous avons vu celui-là... celui que nous avons pris il y a deux nuits. Bourré de sorcellerie ! »

Corum s'humecta les lèvres. « Pourtant, et même si nous étions des sorciers, ce ne serait pas une raison pour nous supprimer. Nous ne vous avons fait aucun mal. Nous vous avons laissés pénétrer sur nos terres sans résister. Je pense que vous nous détestez parce que vous détestez quelque chose en vous-mêmes. Vous êtes des créatures... incomplètes.

— Je sais. Vous nous traitez de demi-bêtes. Peu m'importe ce que vous pensez à présent, Vadhagh.

Plus maintenant que votre race a disparu. » Il cracha sur le sol et fit un signe à l'adolescent. « Lâche-le ! »

Le garçon bondit en arrière.

Corum chancela mais ne tomba pas. Il continuait à couvrir Glandyth-a-Krae d'un regard méprisant.

« Vous et votre race, vous êtes des déments, Comte. Vous êtes comme un chancre. Vous êtes la maladie de ce monde. »

Le Comte Glandyth cracha une deuxième fois. Cette fois, droit au visage de Corum.

« Je vous l'ai dit... Je sais ce que les Vadhaghs pensent de nous. Je sais ce qu'en pensaient les Nhadraghs avant que nous en fassions nos chiens couchants. Les Nhadraghs ont appris à se passer de fierté, aussi quelques-uns d'entre eux ont-ils été sauvés. Ils nous ont acceptés comme maîtres. Mais vous autres n'avez pas pu. Quand nous venions à vos châteaux, vous nous laissiez de côté. Quand nous demandions tribut, vous ne disiez rien. Quand nous vous disions que vous étiez désormais nos serviteurs, vous feigniez de ne pas comprendre. Alors, nous avons décidé de vous punir. Et vous ne vouliez pas résister. Nous vous torturions et, dans votre orgueil, vous refusiez de faire serment d'être nos esclaves comme l'ont fait les Nhadraghs. Nous avons perdu patience, Vadhagh. Nous avons conclu que vous n'étiez pas dignes de vivre sur la même terre que le grand Roi Lyr-a-Brode, car vous ne vous reconnaissiez pas comme ses sujets. Voilà pourquoi nous avons entrepris de vous massacrer jusqu'au dernier. Vous avez bien mérité votre fin. »

Corum contemplait le sol. Ainsi, c'était la satisfaction de soi qui avait abattu la race vadhagh.

Il releva les yeux sur Glandyth.

« J'espère cependant être en mesure de vous montrer que le dernier des Vadhaghs peut se conduire de façon différente », dit-il.

Glandyth haussa les épaules et se tourna vers ses hommes.

« Il ne sait sûrement pas ce qu'il va bientôt nous montrer, hein, les gars ? »

Les Mabdens éclatèrent de rire.

« Préparez la planche ! » commanda le Comte. « Je pense qu'il est temps de commencer ! »

Corum les vit apporter une large planche de bois. Elle était épaisse, marquée de trous et de taches. Près des quatre coins étaient fixés des tronçons de chaînes. Corum entrevit alors à quoi devait servir la planche.

Deux Mabdens le prirent par les bras et le poussèrent vers le morceau de bois. Un autre arriva avec un ciseau et un marteau de fer. On poussa Corum le dos à la planche, maintenant dressée contre un tronc d'arbre. Avec le ciseau, un Mabden le libéra de ses chaînes, puis on lui prit bras et jambes pour le plaquer en croix de Saint-André contre la planche tandis qu'on fixait de nouveaux rivets dans les anneaux des bouts de chaînes qui l'y maintenaient. Corum respirait une odeur de sang séché. Il voyait sur le bois des marques de couteaux, d'épées, de haches, de flèches.

Il était sur un billot de boucher.

La soif de sang des Mabdens devenait ardente. Leurs yeux étincelaient à la clarté des feux, leur haleine fumait et leurs narines se dilataient. Des langues rouges léchaient de grosses lèvres et de petits sourires se jouaient sur les figures.

Le Comte Glandyth avait surveillé les opérations. Il vint alors se planter devant Corum et tira de sa ceinture une lame mince et acérée.

Corum regardait la lame qui approchait de sa poitrine. Puis il y eut un déchirement quand le couteau fendit la chemise de brocart.

Lentement, avec un sourire qui s'élargissait, Glandyth-a-Krae s'attaqua au reste des vêtements de Corum, la lame lui dessinant de temps à autre une mince ligne de sang sur le corps, jusqu'à ce que le Prince fût entièrement nu.

Glandyth recula.

« A présent, vous vous demandez sûrement ce que nous allons faire de vous », dit-il, haletant.

« J'ai vu d'autres êtres de ma race que vous avez assassinés », dit Corum. « Je crois savoir ce que vous comptez faire. »

Glandyth leva le petit doigt de la main droite, remettant de la gauche la dague à sa ceinture.

« Ah! vous voyez bien! Vous ne savez pas. Les autres Vadhaghs sont morts rapidement — ou relativement vite — parce que nous en avions tellement à découvrir et à tuer. Mais vous êtes le dernier. Nous pouvons prendre tout notre temps. Nous comptons même vous laisser une chance de survivre. Si vous le pouvez, quand vous n'aurez plus d'yeux, plus de langue, que l'on vous aura tranché les mains et les pieds, coupé les parties génitales, alors nous vous laisserons la vie. »

Corum le regardait avec horreur.

Glandyth éclata de rire. « Je vois que vous appréciez notre petite plaisanterie! »

Il fit signe à ses hommes.

« Apportez les instruments ! Que l'on commence ! »

On fit avancer un grand brasero rempli de charbons ardents où plongeaient des fers de formes diverses. C'étaient des instruments spécialement conçus pour la torture, songea Corum. Quelle race pouvait donc imaginer de telles choses et se croire saine d'esprit ?

Glandyth-a-Krae choisit un long fer et le tourna en tous sens, examinant la pointe rougeoyante.

« Nous allons commencer par un œil pour finir par un œil », dit-il. « L'œil droit, je pense. »

Si Corum avait mangé quoi que ce fût durant les derniers jours, il eût vomi. Mais seule la bile lui remonta à la bouche et son ventre frémit, pris de douleurs spasmodiques.

Il n'y eut pas d'autres préliminaires.

Glandyth approcha avec son fer rouge, qui fumait dans l'air froid de la nuit.

Maintenant, Corum s'efforçait d'oublier la menace de la torture et de se concentrer sur sa seconde vue, de distinguer dans le Plan voisin. Mais il avait l'esprit confus. Il voyait alternativement des aperçus du Plan voisin et la pointe rougie qui avançait sans cesse davantage vers son visage.

La scène tremblotait devant lui, mais Glandyth continuait d'approcher, une sauvage lueur en ses yeux gris.

Corum se tordit dans les chaînes pour tenter de détourner le visage. Puis la main gauche de Glandyth se tendit et le prit aux cheveux, le plaquant à la planche. De la droite, il abaissa le fer.

Corum hurla quand la pointe rougie toucha la paupière de son œil fermé. La douleur lui envahit la tête, puis tout le corps. Il entendait des rires, ses propres cris, le souffle rauque de Glandyth...

... Et il s'évanouit.

Corum errait dans les rues d'une cité inconnue. Les bâtisses élevées paraissaient de construction récente bien qu'elles fussent déjà maculées et souillées de boue.

Il éprouvait encore de la douleur, mais lointaine, assourdie. Il était aveugle d'un œil.

Une voix de femme l'appelait d'un balcon. Il se retourna. C'était sa sœur, Pholhinra. Quand elle vit son visage, elle poussa un cri d'horreur.

Corum voulut porter la main à son œil blessé, mais il n'y parvint pas.

Quelque chose le retenait. Il tenta d'arracher sa main gauche de ce qui la maintenait. Il tira de plus en plus fort. Et plus il tirait, plus la douleur battait dans son poignet.

Pholhinra avait disparu, mais Corum était maintenant absorbé dans l'effort de libérer sa main. Pour quelque raison, il ne pouvait se tourner pour voir ce qui le serrait. Une bête peut-être, qui gardait sa main entre ses crocs.

Corum fit un dernier et violent effort de traction et son poignet fut libéré.

Il leva alors la main pour toucher son œil aveugle mais ne sentit toujours rien.

Il regarda sa main.

Il n'y avait plus de main. Rien qu'un poignet. Rien qu'un moignon.

Alors, il hurla de nouveau...

Et il ouvrit les yeux et vit les Mabdens qui lui tenaient le bras et appliquaient sur le moignon le plat de leurs épées chauffées au rouge, pour le cautériser.

Ils lui avaient coupé la main.

Et Glandyth riait toujours, levant en l'air la main coupée pour la montrer à ses hommes, tandis que le sang de Corum dégoulinait encore du couteau dont il s'était servi.

Maintenant, Corum voyait distinctement l'autre Plan, en quelque sorte surimposé à la scène étalée devant ses yeux. Après avoir rassemblé toute l'énergie née de sa peur et de sa souffrance, il se transporta dans ce Plan.

Il voyait clairement les Mabdens, mais leurs voix s'étaient affaiblies. Ils les entendit crier d'étonnement en le montrant du doigt. Il vit Glandyth pivoter, les yeux écarquillés. Il entendit le Comte de Krae commander à ses hommes de fouiller les bois à la recherche de Corum.

La planche fut abandonnée tandis que Glandyth et ses Mabdens s'enfonçaient dans les ténèbres pour reprendre leur captif vadhagh.

Mais le captif était toujours enchaîné à la planche

car elle existait sur plusieurs Plans, tout comme lui. Et il ressentait toujours la douleur qu'ils lui avaient infligée, et il n'avait toujours pas d'œil droit ni de main gauche.

Il pouvait éviter d'autres mutilations pendant un moment, mais son énergie s'épuiserait complètement pour finir et il rentrerait dans leur Plan, et ils continueraient leur ouvrage.

Il se débattait dans les chaînes, agitant le moignon de son poignet gauche dans une vaine tentative pour s'arracher des fers qui lui maintenaient toujours les autres membres.

Mais il savait que c'était sans espoir. Il n'aurait reculé son destin que d'un instant. Il ne serait jamais libre... jamais en état d'exercer sa vengeance contre le meurtrier de sa race.

7

L'HOMME BRUN

CORUM transpirait en se forçant à demeurer dans l'autre Plan, guettant avec inquiétude le retour de Glandyth et de ses hommes.

Ce fut alors qu'il vit une silhouette sortir prudemment de la forêt et s'approcher de la planche.

Corum crut d'abord que c'était un guerrier mabden sans casque, vêtu d'une immense saie de fourrure. Puis il se rendit compte que c'était une créature différente.

Celle-ci s'approchait de la planche avec précaution ; elle inspecta des yeux le campement, puis rampa plus près. Elle leva la tête pour regarder Corum en face.

Il fut stupéfait. La bête pouvait le voir ! Contrairement aux Mabdens, contrairement aux autres êtres du Plan, celle-ci était douée de seconde vue.

La souffrance de Corum était telle qu'il dut fermer l'œil. Quand il le rouvrit, la créature était tout près de lui.

C'était une bête assez semblable aux Mabdens quant à la forme générale, mais entièrement recouverte de son propre pelage. Elle avait le visage brun et paraissait très ancienne. Elle avait les traits plats. De grands yeux ronds comme ceux des chats, des narines larges ouvertes et une immense bouche garnie de crocs vieillis et jaunis.

Pourtant, sa face reflétait un grand chagrin tandis qu'elle observait Corum. Elle fit un geste à son adresse et grogna, désignant la forêt comme pour l'inviter à la suivre. Il secoua la tête et montra du menton ses chaînes.

La créature caressa pensivement la fourrure brune et frisée de son cou, puis elle repartit en traînant les pieds dans l'ombre de la forêt.

Corum la suivit de l'œil, oubliant presque sa souffrance dans son étonnement.

Cette créature avait-elle assisté à la torture ? Cherchait-elle à le sauver ?

Ou peut-être n'était-ce qu'illusion, comme celle de la ville et de sa sœur, causée par ses maux ?

Il sentait faiblir son énergie. Encore quelques instants et il regagnerait le Plan où les Mabdens le verraient. Et il savait qu'il ne retrouverait plus la force de le quitter.

Puis la créature réapparut, guidant quelque chose par une de ses mains, et lui désignant Corum.

Tout d'abord, le Prince ne distingua qu'une silhouette massive qui dominait la créature brune... Un être haut de douze pieds et large de six, qui, comme la bête velue, marchait sur deux pattes.

Corum leva les yeux et constata que l'être avait un visage. Un visage sombre à l'expression triste, inquiète, damnée. Le reste du corps, bien qu'il eût les lignes humaines, semblait absorber la lumière... On ne pouvait en observer aucun détail. L'être tendit les mains et se chargea de la planche avec la tendresse d'un père soulevant son bébé. Il emporta Corum dans la forêt.

Incapable de distinguer entre fantasme et réalité, Corum abandonna tout effort pour se maintenir dans l'autre Plan et se refondit dans celui qu'il avait quitté. Mais l'être au visage sombre le portait encore et la bête brune marchait à son côté, s'enfonçant dans la forêt à vive allure jusqu'à ce qu'ils fussent loin du camp des Mabdens.

Corum s'évanouit de nouveau.

Il s'éveilla au jour et vit la planche jetée à quelque distance. Il était étendu sur l'herbe verte d'une vallée ; une source coulait à proximité, et tout près de lui se trouvait un petit tas de fruits et de noix. Non loin de cette nourriture, la bête brune, assise, l'observait.

Corum regarda son moignon. Une sorte d'emplâtre le recouvrait et la douleur avait disparu. Il porta la main droite à son œil droit et sentit sous ses doigts une matière collante, sans doute le même baume que sur son poignet.

Des oiseaux chantaient dans les bois proches. Le ciel était clair et bleu. N'eût été ses blessures, Corum eût pu croire que les événements de la semaine écoulée n'avaient été qu'un noir cauchemar.

La créature brune et velue se leva pour s'approcher de lui d'une démarche traînante. Elle s'éclaircit la gorge. Son expression restait celle de la sympathie. Elle se toucha l'œil droit, puis le poignet gauche.

« Comment... douleur ? » dit-elle d'un ton embrouillé, ayant visiblement du mal à prononcer les mots.

« Partie », dit Corum. « Je vous remercie d'avoir aidé à me libérer, Homme Brun. »

L'Homme Brun fronça les sourcils, n'ayant sans doute pas compris tous les mots. Puis il sourit et hocha la tête en déclarant : « Bon.

— Qui êtes-vous ? » s'enquit Corum. « Qui avez-vous amené la nuit dernière ? »

La créature se frappa la poitrine. « Moi, Serwde. Moi ami de vous.

— Serwde », répéta Corum en prononçant mal le nom. « Je suis Corum. Et qui était l'autre ? »

Serwde dit un nom encore plus difficile que le sien. Un nom qui paraissait compliqué.

« Qui est-ce ? Je n'ai jamais vu d'être comme lui.

Pas plus qu'un être comme vous, d'ailleurs. D'où venez-vous ? »

Serwde fit un geste circulaire. « Moi vivre ici. Dans forêt. Forêt appelée Laahr. Mon maître vivre ici. Nous vivre ici beaucoup, beaucoup jours... depuis avant Vadhaghs, vous peuple.

— Et où est votre maître à présent ?

— Lui parti. Pas vouloir être vu par gens. »

Et maintenant Corum se rappelait vaguement une légende. Celle d'une créature qui vivait encore plus à l'ouest que les habitants du château d'Erorn. La légende l'appelait l'Homme Brun de Laahr. Et voici que la légende prenait corps. Mais il ne se souvenait de rien concernant l'autre être, dont il ne pouvait prononcer le nom.

« Maître dire endroit tout près vous soigner bien », reprit l'Homme Brun.

« Quel genre d'endroit, Serwde ?

— Endroit mabden. »

Corum ébaucha un sourire triste. « Non, Serwde. Les Mabdens ne sont pas bons pour moi.

— Ces Mabdens différents.

— Tous les Mabdens sont mes ennemis. Ils me haïssent. » Il contempla son moignon. « Et je les hais.

— Ceux-là *vieux* Mabdens. *Bons* Mabdens. »

Corum se leva et chancela. La douleur renaissait dans sa tête, son poignet lui faisait de nouveau mal. Il était toujours complètement nu et son corps portait de nombreuses traces de coups et de petites coupures, mais on l'avait lavé.

Peu à peu, il réalisait qu'il était infirme. Il avait été sauvé du pire prévu pour lui par Glandyth, mais il était néanmoins diminué. Son visage n'était plus agréable à regarder pour les autres. Son corps était devenu laid.

Et cette épave constituait tout ce qui restait de la noble race vadhagh. Il se rassit en pleurant.

Serwde grognait et s'agitait. Il toucha Corum de sa

patte semblable à une main. Il lui tapota la tête pour tâcher de le réconforter.

Corum s'essuya le visage de sa main valide. « Ne vous inquiétez pas, Serwde. Je dois pleurer, sinon je mourrais presque certainement. Je pleure sur les miens. Je suis le dernier. Plus de Vadhaghs après moi… »

Serwde grognait et remuait toujours. « Non plus gens comme nous », dit-il.

« Est-ce pour cela que vous m'avez emmené ?
— Non. Parce que Mabdens faisaient mal à vous.
— Les Mabdens vous ont-ils fait du mal ?
— Non. Nous cacher. Mauvais leurs yeux. Jamais nous voir. Nous cacher des Vadhaghs aussi.
— Pourquoi ?
— Mon maître savoir. Nous sécurité.
— Les Vadhaghs auraient bien fait de se cacher eux aussi. Mais les Mabdens sont venus si brusquement. Sans avertissement. Nous quittions si rarement nos châteaux, nous avions si peu de relations entre nous, nous n'étions pas prêts. »

Serwde ne comprenait qu'à demi ce que disait Corum, mais il écouta poliment jusqu'au bout. Quand Corum se tut, il lui dit : « Vous manger. Bons fruits. Puis nous aller chez Mabdens.

— Je veux des armes et une armure, Serwde. Des vêtements. Un cheval. Il faut que je retrouve Glandyth et que je le suive jusqu'au moment où il sera seul. Alors, je le tuerai. Après cela, je n'aurai plus envie que de mourir. »

Serwde regarda tristement Corum. « Vous tuer ?
— Seulement Glandyth. Il a massacré ma famille. »

Serwde secoua la tête. « Vadhaghs pas tuer comme ça.
— Moi oui, Serwde. Le dernier des Vadhaghs. Et le premier à apprendre à tuer volontairement. Je me vengerai de ceux qui m'ont mutilé, de ceux qui ont supprimé ma famille. »

63

Serwde exprima sa détresse par un grognement. « Manger. Dormir. »

Corum se releva et se rendit compte de sa faiblesse. « Peut-être avez-vous raison. Je dois essayer de récupérer des forces avant de partir. » Il s'approcha du tas de fruits et de noix et se mit à manger. Il mangea peu pour commencer puis s'étendit bientôt pour dormir, certain que Serwde l'éveillerait en cas de danger.

Corum resta cinq jours dans la vallée avec l'Homme Brun de Laahr. Il espérait que l'être au visage sombre reviendrait et lui parlerait de son origine ainsi que de celle de Serwde, mais il n'en fut rien.

Ses blessures s'étaient enfin cicatrisées et il se sentit en état d'entreprendre un déplacement. Ce matin-là, il s'adressa à Serwde : « Adieu, Homme Brun de Laahr. Merci de m'avoir sauvé. Maintenant, je m'en vais. »

Corum salua Serwde et se mit en route par la vallée, vers l'est. Serwde le suivit de sa démarche gauche. « Corum ! Corum ! Vous tromper chemin !

— Je retourne où je retrouverai mes ennemis », répondit le Prince. « Je ne me trompe pas.

— Mon maître dire moi vous emmener par là... » Serwde montrait l'ouest.

« Il n'y a que la mer par là. C'est le bout de Broan-Vadhagh.

— Mon maître dire par là », insista Serwde.

« Je vous suis reconnaissant de votre sollicitude, Serwde. Mais je vais par là... pour découvrir les Mabdens et me venger.

— Vous aller par là. » Serwde tendit de nouveau le bras, et posa sa patte sur le bras de Corum. « Par là. »

Corum se dégagea d'une secousse. « Non. Par ici. » Il continua de remonter la vallée vers l'est.

Soudain il reçut un choc derrière la tête. Il

chancela et se retourna pour voir ce qui l'avait frappé. Serwde se tenait campé, une seconde pierre toute prête.

Corum poussa un juron et il était sur le point de s'en prendre à Serwde quand il perdit de nouveau connaissance et s'affala de tout son long dans l'herbe.

Le bruit de la mer l'éveilla.

Il ne comprit tout d'abord pas où il était, puis il se rendit compte que Serwde le portait sur son épaule, face vers le sol. Il se débattit, mais l'Homme Brun de Laahr était beaucoup plus vigoureux qu'il ne le paraissait. Il tenait fermement le Prince.

Corum jeta un coup d'œil de côté. La mer s'étalait, verte et écumante sur les galets. Il parvint, grâce à un effort, à tourner la tête du côté de son œil aveugle pour voir ce qu'il y avait là.

Encore la mer. On le transportait sur une étroite bande de terre sortie des eaux. Peu à peu, malgré les secousses de sa tête tandis que Serwde continuait de trotter, il constata qu'ils avaient quitté le continent et progressaient sur une digue naturelle qui s'avançait à l'intérieur de l'océan.

Des oiseaux de mer criaient. Corum lança des imprécations en se débattant, mais Serwde resta sourd aux menaces comme aux prières, jusqu'au moment où il s'arrêta enfin et le posa sur le sol.

Corum se remit debout.

« Serwde, je... »

Il s'interrompit, jetant un regard circulaire.

Ils avaient quitté la digue et se trouvaient sur une île abrupte au-dessus de la mer. Au sommet de l'île se dressait un château dont l'architecture était totalement inconnue de Corum.

Etait-ce la résidence des Mabdens dont lui avait parlé Serwde ?

Mais celui-ci était déjà reparti au trot sur la levée de terre. Corum l'appela. L'Homme Brun accéléra

Le chevalier des Épées. 3.

encore l'allure. Corum voulut le poursuivre, mais il ne pouvait courir assez vite. Serwde avait rejoint le continent bien avant que Corum fût à mi-chemin.

Et maintenant la route lui était barrée car la marée recouvrait déjà la digue.

Le Prince resta indécis, regardant le château. L'aide maladroite de Serwde l'avait de nouveau mis en danger.

Il voyait maintenant des silhouettes de cavaliers qui descendaient le chemin en pente de la forteresse. C'étaient des guerriers. Le soleil se reflétait sur leurs lances et leurs cuirasses. Contrairement aux autres Mabdens, ceux-ci savaient monter et leur attitude les faisait ressembler plus à des Vadhaghs qu'à des Mabdens.

Néanmoins, c'étaient des ennemis, et Corum avait le choix entre les affronter tout nu ou s'efforcer de regagner le continent à la nage... avec une seule main.

Il prit sa décision et s'engagea dans l'eau froide, qui lui arracha un soupir, sans prêter attention aux appels des cavaliers derrière lui.

Il réussit à nager jusqu'à l'eau profonde, puis le courant l'emporta. Il força pour s'en échapper, mais en vain.

Le flot rapide l'emportait vers le large.

8

LA MARGRAVINE D'ALLOMGLYL

Corum avait perdu beaucoup de sang sous les tortures des Mabdens et n'avait pas récupéré toutes ses forces antérieures. Bientôt il fut dans l'incapacité de lutter contre le courant et les crampes s'emparèrent de ses membres.

Il se noyait.

Le sort paraissait déterminé à lui ôter la vie sans qu'il ait pu se venger de Glandyth-a-Krae.

L'eau lui emplissait la bouche et il s'efforçait de la retenir pour qu'elle ne pénètre pas dans ses poumons, tout en se tortillant et en battant des bras. Puis il entendit un cri d'en haut et tenta de lever son œil pour en reconnaître la source.

« Ne bougez pas, Vadhagh ! Vous allez effrayer ma bête. Ce sont au mieux des monstres plutôt nerveux. »

Corum distinguait à présent une forme sombre qui planait au-dessus de lui. De grandes ailes, de quatre fois l'envergure de celles des plus grands aigles. Mais ce n'était pas un oiseau et, bien que les ailes eussent un aspect reptilien, ce n'était pas un reptile. Corum reconnut l'animal. Le laid visage de singe avec ses minces crocs blancs était celui d'une chauve-souris gigantesque. Et un cavalier la chevauchait.

L'homme était jeune et souple ; il paraissait n'avoir que peu en commun avec les guerriers mabdens de Glandyth. Pour le moment, il se laissait glisser sur le flanc de la bête et la faisait voler plus bas pour tendre la main à Corum.

Ce dernier allongea automatiquement son bras le plus proche pour s'apercevoir que sa main manquait de ce côté. Le Mabden n'y fit pas attention. Il empoigna le membre à la hauteur du coude et souleva Corum, qui put de sa main libre saisir une courroie de la sangle maintenant la selle sur le dos de la grande chauve-souris.

Sans cérémonie, l'homme tira le corps dégoulinant de Corum et le mit en travers devant lui ; le cavalier volant cria quelque chose sur le mode aigu et la chauve-souris s'éleva au-dessus des flots pour retourner vers l'île et le château.

La bête obéissait mal aux ordres, de toute évidence, car le cavalier devait constamment modifier la direction en continuant à émettre les sons aigus auxquels elle réagissait. Mais, pour finir, ils arrivèrent à l'île et planèrent au-dessus de la forteresse.

Corum avait peine à croire que ce fût une architecture de Mabdens. Il y avait des tourelles et des balustrades délicatement travaillées, des promenades sur les toits et des balcons couverts de lierre et de fleurs, tout cela taillé dans une pierre blanche au grain fin, qui luisait au soleil.

La chauve-souris atterrit lourdement et le cavalier mit vivement pied à terre, entraînant Corum. Presque aussitôt, la bête prit son essor, pivota dans le ciel et fila vers l'autre côté de l'île.

« Elles dorment dans des cavernes », expliqua le jeune homme. « Nous nous en servons le moins possible. Elles sont difficiles à diriger, comme vous l'avez constaté. »

Corum ne répondit pas.

Bien que le Mabden lui eût sauvé la vie et parût à la fois jovial et courtois, Corum avait appris à la façon des animaux que les Mabdens étaient ses ennemis. Il fronça les sourcils.

« *Dans quel but* m'avez-vous recueilli, Mabden ? »

L'homme parut surpris. Il épousseta sa tunique de velours écarlate et ajusta son ceinturon sur ses hanches. « Vous alliez vous noyer. Pourquoi vous êtes-vous enfui quand nos hommes sont allés au-devant de vous pour vous accueillir ?

— Comment saviez-vous que j'allais venir ?

— La Margravine nous avait dit de vous attendre.

— Et qui a renseigné votre Margravine ?

— Je ne sais pas. Vous êtes plutôt impoli, monsieur. Je croyais que les Vadhaghs étaient un peuple courtois.

— Et je croyais que les Mabdens étaient mauvais et déments », répliqua Corum. « Mais vous...

— Oh ! vous voulez parler des peuplades du Sud et de l'Est, n'est-ce pas ? Ainsi, vous les avez rencontrées ? »

Corum porta son poignon à son œil éteint. « Ce sont ces gens qui m'ont fait cela. »

Le jeune homme hocha la tête avec sympathie. « Sans doute l'aurais-je deviné. La mutilation est une de leurs distractions favorites. Je suis surpris que vous en ayez réchappé.

— Moi aussi.

— Eh bien, monsieur, voulez-vous entrer ? » demanda l'homme en tendant la main d'un geste élégant vers une porte ménagée dans une tour.

Corum hésitait.

« Nous n'avons rien de commun avec vos Mabdens de l'Est, je vous l'assure, monsieur.

— Possible, mais vous êtes un Mabden », fit durement le Prince. « Vous êtes si nombreux ! Et maintenant je découvre que vous avez même des races distinctes. Toutefois, je vous soupçonne de posséder certains traits en commun... »

Le jeune homme donna des signes d'impatience. « Comme vous voulez, messire Vadhagh. Pour moi, j'entre. J'espère que vous en ferez autant quand il vous plaira. »

Corum le regarda franchir le seuil et disparaître. Il resta sur le toit à observer les mouettes qui dérivaient, piquaient et remontaient. Il tapota de sa bonne main son moignon et frissonna. Un fort vent commençait à se lever, il faisait froid, et Corum était nu. Il reporta les yeux sur la porte.

Une femme s'y tenait.

Elle paraissait calme, sûre d'elle, l'air civilisé. Ses cheveux noirs, longs et souples, lui descendaient au-dessous des épaules. Elle portait une robe de brocart rebrodé de couleurs multiples et riches. Elle lui souriait. « Mes salutations », dit-elle. « Je suis Rhalina. Qui êtes-vous, monsieur ?

— Corum Jhaelen Irsei », répondit-il. Elle n'avait pas le même genre de beauté qu'une Vadhagh mais il n'en était pas moins impressionné. « Le Prince à la...

— ... Robe Ecarlate ? » Elle était visiblement amusée. « Je parle aussi couramment la langue vadhagh que la langue commune. Mais vous êtes mal nommé, Prince Corum. Je ne vois pas votre robe. En fait, je ne vois aucun... »

Corum se détourna. « Ne vous moquez pas, Mabden ! Je suis décidé à ne plus souffrir des mains des gens de votre race. »

Elle s'approcha. « Pardonnez ! Ceux qui vous ont fait cela ne sont pas de notre espèce, bien qu'ils soient de la même race. N'avez-vous jamais entendu parler de Lywm-an-Esh ? »

Il plissa le front. Ce nom de pays lui était connu, mais il n'avait pas de signification particulière.

« Lywm-an-Esh », reprit-elle, « est le nom du pays d'où est venu mon peuple. Un peuple ancien qui vivait au Lywm-an-Esh depuis bien avant les grandes batailles entre Vadhaghs et Nhadraghs qui secouèrent les cinq Plans...

— Vous connaissez donc les cinq Plans ?

— Nous avions autrefois des clairvoyants qui pouvaient regarder à l'intérieur. Bien que leurs talents n'aient jamais été à la hauteur de ceux du Vieux Peuple... votre peuple.

— Comment se fait-il que vous en sachiez autant sur les Vadhaghs ?

— Si la curiosité s'est atrophiée chez les Vadhaghs depuis bien des siècles, il n'en va pas de même pour nous », répondit-elle. « De temps à autre, des navires nhadraghs s'échouaient sur nos côtes et, bien que les Nhadraghs eux-mêmes eussent disparu, ils laissaient derrière eux des livres, des tapisseries et d'autres objets. Nous avons appris à lire ces livres et à interpréter ces tapisseries. En ce temps-là, nous avions beaucoup de savants.

— Et maintenant ?

— Maintenant, je ne sais pas. Nous recevons peu de nouvelles du continent.

— Comment ? Alors qu'il est si proche ?

— Pas ce continent-ci, Prince Corum », dit-elle en désignant du menton la côte. Elle pointa le doigt vers la mer. « Cet autre continent — Lywm-an-Esh, ou précisément le Duché de Bedwilral-nan-Rywm, sur les frontières duquel s'étendait le présent Margravat en un temps. »

Le Prince Corum contemplait la mer qui bouillonnait sur les roches au pied de l'île. « Que nous étions donc ignorants », ironisa-t-il, « alors que nous croyions détenir tant de connaissances.

— Pourquoi une race comme les Vadhaghs se serait-elle intéressée aux affaires d'un pays mabden ? » demanda-t-elle. « Notre histoire est courte et sans relief par comparaison avec la vôtre.

— Mais pourquoi un Margrave ici ? » fit-il. « Contre qui défendez-vous votre pays ?

— Contre d'autres Mabdens, Prince.

— Glandyth et ses gens ?

— Je ne connais pas Glandyth. Je parle des tribus Pony. Elles occupent les forêts du pays que voilà. Ces barbares ont été de tout temps un danger pour

Lywm-an-Esh. Le Margravat a été constitué comme protection entre ces tribus et notre terre.

— La mer n'est-elle pas une défense suffisante ?

— La mer n'était pas ici quand le Margravat fut fondé. Ce château dominait autrefois une forêt et la mer était à des milles de distance, au nord et au sud. Et puis elle s'est mise à dévorer nos terres. Chaque année, elle entame davantage nos falaises. Bourgs, villages et châteaux disparaissent en quelques semaines. Les habitants du continent reculent toujours davantage vers l'intérieur.

— Et on vous laisse en arrière ? Cette forteresse n'a-t-elle pas cessé de remplir son rôle ? Pourquoi ne la quittez-vous pas pour rejoindre votre peuple ? »

Elle sourit en haussant les épaules, puis s'approcha des créneaux pour se pencher et observer les oiseaux qui se rassemblaient sur les rocs. « C'est mon foyer », dit-elle. « C'est ici que sont mes souvenirs. Le Margrave a laissé tant de témoignages. Je ne saurais partir.

— Le Margrave ?

— Le Comte Moidel d'Allomglyl, mon époux.

— Oh !... » Corum éprouvait un étrange sentiment de déception.

La Margravine Rhalina regardait toujours la mer. « Il est mort », ajouta-t-elle, « péri en mer. Il avait pris notre dernier vaisseau pour aller s'enquérir de notre peuple sur le continent. La tempête s'est levée peu après le départ. Le navire était à peine en mesure de tenir la mer. Il a coulé ».

Corum resta silencieux.

Comme si les paroles de la Margravine lui avaient rappelé sa colère, le vent se mit soudain à souffler plus fort, faisant tournoyer sa robe autour de son corps. Elle se retourna vers le Prince. Un long regard pensif.

« Et maintenant, Prince, acceptez-vous d'être mon hôte ?

— Encore une chose, Dame Rhalina. Comment

avez-vous su que j'allais venir ? Pourquoi l'Homme Brun m'a-t-il amené ici ?

— Il vous a amené sur l'ordre de son maître.

— Et son maître ?

— M'a dit de vous attendre et de vous garder ici au repos jusqu'à ce que votre esprit et votre corps guérissent. J'étais plus que consentante. Nous ne recevons normalement guère de visiteurs... et en tout cas pas de la race des Vadhaghs.

— Mais qui est cet être étrange, le maître de l'Homme Brun ? Je ne l'ai qu'aperçu. Je n'ai pu distinguer sa forme bien que je sache qu'il était deux fois grand et fort comme moi, avec un visage infiniment triste.

— C'est bien lui. Il vient au château, la nuit, nous apporter des animaux domestiques malades qui se sont échappés des étables. Nous pensons que c'est un être d'un autre Plan, ou peut-être d'un autre Age, antérieur même à celui des Vadhaghs et des Nhadraghs. Nous ne pouvons prononcer son nom, aussi l'appelons-nous simplement le Géant de Laahr. »

Corum sourit pour la première fois. « Je comprends mieux à présent. Pour lui, peut-être n'étais-je qu'une autre bête malade, puisqu'il conduit toujours ici les animaux malades.

— Possible que vous ayez raison, Prince Corum. » Elle montra la porte. « Et, si vous êtes malade, nous serions heureux de vous aider à vous remettre... »

Une ombre passa sur les traits de Corum quand il la suivit à l'intérieur. « Je crains bien que rien ne puisse guérir mon mal à présent, madame. C'est un mal des Mabdens et les Vadhaghs n'en connaissent pas la cure.

— Eh bien », dit-elle avec une légèreté forcée, « peut-être que nous, Mabdens, arriverons à trouver quelque remède. »

Il sentit alors l'amertume l'envahir. Tout en

descendant derrière elle les degrés qui menaient à la partie principale du château, il portait son moignon à son œil aveugle. « Mais les Mabdens ont-ils pouvoir de me rendre ma main et mon œil ? »

Elle s'immobilisa et se retourna. Elle lui adressa un regard curieusement naïf. « Qui sait ? Peut-être le peuvent-ils ? »

9

DE L'AMOUR ET DE LA HAINE

Bien que magnifique sans nul doute selon les normes des Mabdens, le château de la Margravine frappa le Prince Corum par sa simplicité et son agrément. Sur son invitation, il se laissa baigner et oindre par les serviteurs et se vit offrir un choix de vêtements. Il opta pour une chemise de brocart bleu foncé, brodée d'un dessin en bleu clair et d'une paire de braies en fil. Les effets lui allaient bien.

« Ils appartenaient au Margrave », lui dit une domestique timide, sans le regarder.

Aucun des serviteurs n'était à l'aise avec lui. Il devina que son aspect leur répugnait.

Avec cette pensée en tête, il demanda à la servante : « Voudriez-vous m'apporter un miroir ?

— Oui, Seigneur. » Elle esquissa une révérence et sortit.

Mais ce fut la Margravine en personne qui revint avec le miroir. Elle ne le lui remit pas immédiatement.

« N'avez-vous pas vu votre visage depuis qu'il a été blessé ? » s'enquit-elle.

Il secoua la tête.

« Vous étiez beau ?

— Je ne sais pas. »

Elle le regarda franchement. « Oui, vous étiez beau », dit-elle. Puis elle lui remit le miroir.

Le visage reflété s'auréolait toujours des mêmes cheveux clairs et dorés, mais il n'était plus jeune. Les traits s'étaient creusés, durcis, et la bouche était amère. Un seul œil or et violet le regardait froidement. L'autre orbite n'était qu'un trou affreux de tissu cicatriciel encore rouge. Une petite cicatrice marquait sa joue gauche, et une autre son cou. Le visage conservait les caractéristiques vadhaghs mais les souffrances qu'aucun Vadhagh n'avait subies auparavant le laissaient transformé. Les couteaux de Glandyth avaient fait d'une face d'ange un masque de démon.

Corum rendit silencieusement le miroir.

Il passa son unique main sur les cicatrices de sa figure et soupira : « Si j'ai été beau, maintenant je suis affreux.

— Cela aurait pu être pire. » Elle haussa les épaules.

Alors, la fureur l'envahit de nouveau, son œil étincela, il brandit son moignon et cria :

« Oui !... et vous verrez pire encore quand j'en aurai terminé avec Glandyth-a-Krae ! »

Surprise, elle recula, puis retrouva son calme. « Si vous ignoriez que vous étiez beau, si vous n'étiez pas vaniteux, pourquoi cela vous touche-t-il à ce point ?

— Il me faut mes mains et mes yeux pour tuer Glandyth et assister à son agonie ! Avec la moitié seulement, je perds la moitié du plaisir !

— C'est infantile, Prince Corum. Un Vadhagh vaut mieux que cela. Qu'a encore fait ce Glandyth ? »

Corum s'aperçut qu'il ne le lui avait pas dit, qu'elle ne pouvait en être informée, en ce coin éloigné, plus coupé du monde que ne l'avait jamais été n'importe quel Vadhagh.

« Il a massacré tous les Vadhaghs », dit-il. « Glandyth a anéanti ma race et m'aurait tué sans votre ami, le Géant de Laahr.

— Il a fait... » Elle avait la voix affaiblie. Visiblement frappée.

« Il a mis à mort tous mes semblables.

— Pourquoi ? Etiez-vous en guerre avec ce Glandyth ?

— Nous ignorions son existence. Il ne nous était pas venu à l'esprit de nous garder des Mabdens. Ils avaient l'air de telles brutes, incapables de nous atteindre dans nos châteaux. Mais ils les ont tous rasés. Tous les Vadhaghs sauf moi sont morts, ainsi que la plupart des Nhadraghs, m'a-t-on dit, sauf ceux qui ont accepté de devenir leurs esclaves rampants.

— S'agit-il des Mabdens dont le roi s'appelle Lyr-a-Brode de Kalenwyr ?

— Exact.

— J'ignorais moi aussi qu'ils étaient devenus si puissants. Je présumais que vous aviez été capturé par les tribus Pony. Je me demandais pourquoi vous vous étiez écarté seul, si loin du château vadhagh le plus proche.

— Quel est-il ? » Un instant, Corum espéra qu'il restait des Vadhaghs en vie, beaucoup plus à l'ouest qu'il ne l'eût pensé.

« Il s'appelle le château d'Eran, ou d'Erin ? A peu près...

— D'Erorn ?

— Oui. Ce doit être son nom. Il est à plus de cinq cent milles d'ici.

— Cinq cents milles ? Suis-je venu si loin ? Le Géant de Laahr a dû me transporter beaucoup plus longtemps que je ne pensais. Ce château, madame, était notre château. Les Mabdens l'ont détruit. Il me faudra plus de temps que je n'avais estimé pour retrouver le Comte Glandyth et ses Denledhyssis. »

Corum comprit soudain combien il était isolé. Comme s'il avait pénétré en un Plan différent de la Terre, où tout lui était étranger. Il ne savait rien de ce monde. Un monde où dominaient les Mabdens.

Comme sa race avait été fière ! Et sotte ! S'ils s'étaient seulement intéressés au monde qui les entourait au lieu de se perdre en abstractions !

Il inclina la tête.

La Margravine parut comprendre son émotion. Elle lui effleura le bras. « Venez, Prince vadhagh. Il faut manger. »

Il se laissa conduire hors de la pièce, dans une autre où un repas les attendait tous les deux. Les aliments — surtout des fruits et des algues comestibles — étaient beaucoup plus à son goût que toute autre nourriture mabden qu'il eût connue. Il sentit alors sa faim et toute sa fatigue. Il avait l'esprit embrouillé et sa seule certitude était la haine qu'il éprouvait encore pour Glandyth, sa volonté de se venger au plus tôt.

Pendant le repas, ils ne parlèrent pas ; mais la Margravine ne cessait pas de l'observer, et, une ou deux fois, elle ouvrit les lèvres pour parler, mais parut se reprendre.

La pièce où ils mangeaient était petite, ornée de riches tapisseries rehaussées de fines broderies. En terminant le repas, il se mit à en observer le détail, et des scènes dépeintes commencèrent à tournoyer devant ses yeux. Il lança un regard interrogateur à la Margravine, mais son visage restait impassible. Il se sentait la tête légère et avait perdu l'usage de ses membres.

Il tenta de formuler des mots, qui ne vinrent pas.

On l'avait drogué.

Cette fois, on avait empoisonné sa nourriture.

De nouveau, il se trouvait victime des Mabdens.

Il posa la tête sur ses bras et sombra contre son gré dans un profond sommeil.

Corum rêvait.

Il voyait le château d'Erorn tel qu'il l'avait laissé en partant. Il regardait le sage visage de son père qui lui parlait, il tendait l'oreille mais ne parvenait pas à distinguer les paroles. Sa mère travaillait à son dernier traité de mathématiques. Sa sœur dansait sur la musique la plus récente de l'oncle.

L'atmosphère était joyeuse.

Mais il se rendait soudain compte qu'il ne comprenait plus leurs activités. Elles lui paraissaient insolites et sans portée. On eût dit des enfants qui jouaient sans se douter qu'une bête sauvage les suivait à la piste.

Il voulut crier, les avertir, mais il n'avait plus de voix.

Il vit des incendies se déclarer dans les salles... des guerriers mabdens qui avaient franchi les grilles sans protection sans que les habitants se rendissent même compte de leur présence. Riant entre eux, les Mabdens touchaient de leur torche les rideaux de soie et le mobilier.

Il revoyait ses parents. Conscients maintenant des foyers allumés, ils se précipitaient pour en trouver l'origine.

Son père entra dans une salle où se tenait Glandyth-a-Krae, qui jetait des livres sur un tas enflammé. Son père observait la scène avec stupéfaction. Ses lèvres remuaient, ses yeux questionnaient... avec une surprise presque polie.

Glandyth se retourna avec un large sourire, tirant sa hache de son ceinturon. Il leva l'arme...

Maintenant, Corum voyait sa mère. Deux Mabdens la tenaient pendant qu'un autre besognait le corps mis à nu.

Corum voulut intervenir mais quelque chose l'en empêcha.

Il vit ses sœurs et sa cousine subir le même sort que sa mère. De nouveau son chemin fut bloqué par un obstacle invisible.

Il s'efforçait de passer quand même, mais les Mabdens tranchaient déjà la gorge des filles. Elles tremblaient et mouraient comme des biches assassinées.

Corum se mit à pleurer.

Il pleurait toujours mais il était étendu près d'un corps tiède, et du lointain lui parvenait une voix apaisante.

Une femme sur le sein de laquelle il reposait lui caressait la tête et le berçait sur un lit moelleux.

Un instant il tenta de se dégager, mais elle le tenait ferme.

Il se remit à pleurer, sans retenue, cette fois, avec de grands sanglots qui lui secouaient le corps, et il se rendormit. Sommeil sans rêves...

Il s'éveilla avec une impression d'angoisse. Il sentait qu'il avait dormi trop longtemps, qu'il devait se lever et agir. Il se souleva à demi sur le lit, puis se renfonça dans les oreillers.

L'idée lui vint lentement qu'il était bien reposé. Pour la première fois depuis le début de son voyage, il débordait d'énergie et de bien-être. Même les ténèbres de son esprit paraissaient s'être dissipées.

Ainsi la Margravine l'avait drogué, mais, semblait-il, avec un produit qui l'avait endormi, l'avait aidé à récupérer ses forces.

Combien de jours avait-il donc dormi ?

Il s'agita derechef sur le lit et sentit la tiédeur d'une présence, vers son côté aveugle. Il tourna la tête. C'était Rhalina, les yeux clos, le visage doux et paisible.

Il se rappela ses rêves. Il se souvint des consolations qui lui avaient été prodiguées tandis que toute sa misère se déversait.

Rhalina l'avait réconforté. Il tendit la main pour caresser la chevelure en désordre. Il éprouvait pour elle de l'affection — un sentiment presque aussi fort que pour sa propre famille.

A l'évocation de ses morts, il cessa de la caresser et contempla le moignon de son poignet gauche. La chair, maintenant complètement cicatrisée, ne laissait voir qu'une extrémité arrondie de peau blanche. Il reporta son regard sur Rhalina. Comment supportait-elle de partager sa couche avec un infirme ?

Pendant qu'il la regardait, elle ouvrit les yeux et lui sourit.

Il crut déceler de la compassion dans ses yeux et éprouva aussitôt du ressentiment. Il voulut descendre du lit, mais elle le retint, une main sur son épaule.

« Restez avec moi, Corum, car c'est maintenant moi qui ai besoin de vos consolations. »

Il s'immobilisa, l'examinant d'un air soupçonneux.

« Je vous en prie, Corum. Je crois que je vous aime. »

Il fronça les sourcils. « L'amour ? Entre Vadhagh et Mabden ? Un amour de quelle nature ? » Il secoua la tête. « Impossible ! Il n'y aurait pas de descendance.

— Pas d'enfants, je le sais. Mais l'amour donne aussi naissance à d'autres choses.

— Je ne vous comprends pas.

— Je regrette », fit-elle. « Je parlais en égoïste. J'abusais de la situation. » Elle s'assit. « Je n'ai dormi avec personne d'autre depuis que mon mari est parti. Je ne suis pas... »

Il se pencha pour lui baiser le sein. Elle lui prit la tête. Ils s'enfoncèrent sous les draps et firent doucement l'amour, se découvrant l'un et l'autre comme seuls le peuvent ceux qui s'aiment vraiment.

Au bout de quelques heures, elle lui dit : « Corum, vous êtes le dernier de votre race. Moi, je ne reverrai jamais mon peuple, sinon la clientèle du château. On y vit en paix. Peu de choses pourraient troubler cette paix. Ne voudriez-vous pas rester ici avec moi... au moins quelques mois ?

— J'ai juré de venger la mort de mes parents », lui rappela-t-il à voix basse, et il l'embrassa sur la joue.

« De tels serments ne sont pas conformes à votre nature, Corum. Vous préférez aimer que haïr, je le sais.

— Je ne peux vous répondre », fit-il, « car je ne jugerai pas ma vie remplie avant d'avoir détruit Glandyth-a-Krae. Ce vœu n'est pas aussi inspiré par la haine que vous le croyez. Je suis sans doute comme celui qui voit une maladie se propager dans la forêt. Il espère couper les plantes atteintes pour que les autres aient la chance de vivre et de prospérer. Voilà mon sentiment vis-à-vis de Glandyth. Il a acquis l'habitude de tuer. Maintenant qu'il a exterminé tous les Vadhaghs, il aura envie de supprimer d'autres peuples. S'il ne trouve plus d'étrangers à sa race, il commencera à éliminer ceux de ses semblables qui occupent les villages soumis à Lyr-a-Brode. Le destin m'a donné le stimulant nécessaire pour mener à sa conclusion ma résolution, Rhalina.

— Mais pourquoi vous en aller d'ici maintenant ? Tôt ou tard, nous aurons des renseignements sur ce Glandyth. Le moment venu, vous partirez alors accomplir votre vengeance. »

Il pinça les lèvres. « Peut-être avez-vous raison.

— Et vous devez apprendre à vous passer de votre œil et de votre main. Il vous faudra beaucoup d'exercice, Corum.

— Exact.

— Alors, restez ici avec moi.

— Je consens à ceci, Rhalina : je ne prendrai pas ma décision avant quelques jours. »

Et un mois s'écoula sans que Corum se décidât. Après l'horreur de ses rencontres avec les barbares mabdens, son cerveau avait besoin de temps pour se remettre, et c'était difficile avec ses blessures qui se rappelaient constamment à lui chaque fois qu'il voulait se servir de sa main gauche, d'un geste automatique, ou chaque fois qu'il apercevait son reflet.

Quand elle n'était pas avec lui, Rhalina passait de longues heures dans la bibliothèque du château, mais Corum n'avait plus de goût pour la lecture. Il se promenait sur les remparts ou parcourait à cheval la digue, à marée basse (Rhalina s'en inquiétait, craignant qu'il ne tombe aux mains d'une des tribus Pony qui parcouraient parfois la région), et il chevauchait un moment parmi les arbres.

Bien que les ténèbres de son esprit fussent moins épaisses, au fur et à mesure que coulaient les jours paisibles, elles persistaient. Corum s'interrompait parfois en cours d'action, ou s'immobilisait à la vue de quelque scène qui lui rappelait le château d'Erorn.

Celui de la Margravine s'appelait simplement château de Moidel ; il se dressait sur l'île nommée Mont de Moidel, d'après le patronyme de la famille qui l'occupait depuis des siècles. Il était rempli d'objets intéressants. Il y avait des armoires renfermant des figurines de porcelaine et d'ivoire, des pièces bourrées de choses curieuses prises à la mer, des salles d'armes et d'armures, des peintures (grossières au regard de Corum) représentant des scènes de l'histoire de Lywn-an-Esh, aussi bien que des contes et légendes de ce pays, qui en avait en abondance. Des fantaisies aussi étranges étaient rares chez les Vadhaghs, peuple rationnel, et fascinaient Corum.

Il en vint à comprendre que de nombreux récits parlant de pays magiques et d'animaux fantastiques provenaient d'une connaissance fragmentaire des autres Plans. De toute évidence, les autres Plans avaient été perçus et les bardes avaient laissé courir leur imagination à partir de ces perceptions incomplètes. Corum s'amusait de pouvoir remonter à la source généralement banale de quelque conte échevelé, notamment quand il s'agissait des races anciennes — les Vadhaghs et les Nhadraghs — auxquelles on attribuait un éventail de pouvoirs surnaturels d'une ampleur inquiétante. Par ces études, il obtenait aussi une certaine compréhension de l'attitude des Mabdens de l'Est, qui semblaient avoir vécu dans la crainte et l'admiration des races anciennes avant de découvrir qu'elles étaient mortelles et que l'on pouvait les massacrer facilement. Corum avait l'impression que le génocide entrepris par ces Mabdens était en partie motivé par leur haine des Vadhaghs, parce que ceux-ci n'étaient pas les grands voyants et sorciers qu'ils avaient d'abord cru.

Cet ordre de pensées lui rappelait alors les causes de son chagrin et de sa propre haine et il en était déprimé, parfois pour plusieurs jours, et même l'amour de Rhalina ne le consolait pas.

Mais un jour, alors qu'il examinait une tapisserie dans une pièce où il n'était jamais entré auparavant, celle-ci retint son attention tant par son dessin que par le texte brodé qui la soulignait.

C'était la légende au complet des aventures d'un héros populaire, Mag-an-Mag. Celui-ci revenait d'un pays de magie quand son vaisseau avait été attaqué par des pirates. Ces derniers avaient coupé les bras et les jambes de Mag-an-Mag avant de le jeter par-dessus bord, puis ils avaient tranché la tête de son compagnon Jhakor-Neelus, et avaient aussi lancé le corps à la mer, mais en gardant la tête, pour la manger, semblait-il. Finalement, le corps démembré de Mag-an-Mag avait échoué sur la côte d'une île mystérieuse et le cadavre décapité de Jhakor-Neelus un peu plus loin sur la plage. Les cadavres avaient été trouvés par les serviteurs d'un magicien qui, en échange des services de Mag-an-Mag contre ses ennemis, avait offert de lui rendre ses membres et de le remettre entièrement à neuf. Mag-an-Mag avait accepté à la condition que le sorcier trouvât une tête neuve pour Jhakor-Neelus. Le sorcier avait acquiescé et donné à Jhakor-Neelus une tête de grue, ce qui avait plu à tout le monde, semblait-il.

Les deux rescapés étaient alors partis en guerre contre les ennemis du sorcier, et avaient enfin quitté l'île, chargés de présents.

Corum ne retrouvait pas l'origine de cette légende parmi les connaissances de son propre peuple. Elle ne paraissait pas avoir de lien avec les autres.

Il attribua l'obsession que lui causait la légende à son propre désir de récupérer sa main et son œil perdus, mais il n'en resta pas moins obsédé.

Confus de l'intérêt qu'il y prenait, il ne parla pas de la légende à Rhalina avant plusieurs semaines.

L'automne vint au château de Moidel avec un vent tiède qui dénuda les arbres, lança la mer à l'assaut des rocs et poussa de nombreux oiseaux à chercher un climat plus clément.

Corum passait de plus en plus de temps dans la pièce où était la tapisserie de Mag-an-Mag et de l'étonnant sorcier. Le Prince commençait à entrevoir que c'était surtout le texte qui l'absorbait. Il était formulé avec une autorité qui faisait défaut à tous les autres qu'il avait lus.

Il ne se décidait cependant pas à poser à Rhalina des questions à ce sujet.

Et puis, un des premiers jours de l'hiver, elle le trouva dans cette salle et ne manifesta pas de surprise. Toutefois, elle montra une certaine inquiétude, comme si elle avait craint depuis le début qu'il vît cette tapisserie un jour ou l'autre.

« Les amusantes aventures de Mag-an-Mag ont l'air de vous passionner », dit-elle. « Mais ce ne sont que des contes visant à nous distraire.

— Celui-ci me semble différent », répondit Corum.

Il se retourna vers elle. Elle se mordait la lèvre.

« Ainsi, cette histoire est en effet différente, Rhalina », murmura-t-il « Vous savez quelque chose... »

Elle secoua la tête, puis changea d'avis. « Je ne

sais rien de plus que ce que racontent les anciens récits. Et ces contes antiques ne sont que mensonges, n'est-ce pas ? Des mensonges plaisants.

— Ce conte renferme une part de vérité, je le sens. Il faut me dire ce que vous savez, Rhalina.

— Seulement ce qui figure sur la tapisserie », affirma-t-elle posément. « J'ai récemment lu un livre qui s'y rapporte. Je me rappelais avoir vu ce volume il y a des années et je l'ai recherché. Il renferme des descriptions récentes d'une île du genre dépeint ici. La dernière personne à avoir aperçu cette île était un émissaire du Duché, qui venait nous apporter des approvisionnements et des salutations. Et il fut le dernier à nous rendre visite...

— Combien de temps cela fait-il ? Combien de temps ?

— Trente ans. »

Rhalina se mit alors à pleurer en hochant la tête, toussant pour s'efforcer d'arrêter ses larmes.

Il la prit dans ses bras. « Pourquoi pleurez-vous, Rhalina ?

— Parce que cela veut dire que vous allez me quitter. Vous partirez de Moidel en hiver et vous irez à la recherche de cette île et peut-être que vous aussi vous ferez naufrage. Je pleure parce que rien de ce que j'aime ne reste près de moi. »

Corum fit un pas en arrière. « Y a-t-il longtemps que cette pensée vous habite ?

— Oui, longtemps.

— Et vous ne m'en avez pas parlé.

— Parce que je vous aime tant, Corum.

— Vous ne devriez pas m'aimer, Rhalina. Et je n'aurais pas dû vous aimer. Même si cette île ne m'offrait que l'ombre d'un espoir, il faudrait que je tente l'aventure.

— Je sais.

— Et si je retrouve le sorcier, qu'il me rende ma main et mon œil...

— Folie, Corum ! Il ne peut pas exister !

— Mais s'il existe et qu'il puisse me donner ce que je veux, alors, j'irai affronter Glandyth-a-Krae et je le tuerai. Et, si je survis, je reviendrai. Mais il faudra que Glandyth meure pour que mon esprit soit en paix, Rhalina. »

Elle objecta doucement : « Nous n'avons pas de navire en état de tenir la mer.

— Mais il y en a de réparables dans les cavernes du port.

— Il faudra plusieurs mois pour en réparer un.

— Me prêteriez-vous vos serviteurs pour travailler au navire ?

— Oui.

— Alors je vais leur parler immédiatement. »

Corum la quitta, se durcissant le cœur devant son chagrin et se reprochant d'être tombé amoureux de cette femme.

Accompagné de tous les hommes qui connaissaient un peu la construction navale, Corum descendit les degrés menant du château, à travers la roche, jusqu'aux cavernes où reposaient les bateaux. L'un d'eux était en meilleur état que les autres. Il le fit mettre au sec pour l'inspecter.

Rhalina avait raison. Il y avait beaucoup à faire avant que le petit bateau puisse prendre la mer avec succès.

Il attendrait dans l'impatience, bien qu'il eût maintenant un but précis — même si c'était folie — et qu'il commençât à sentir s'alléger les soucis qui l'écrasaient.

Il savait que son amour pour Rhalina ne se lasserait jamais, mais aussi qu'il ne saurait l'aimer totalement qu'une fois accomplie la tâche qu'il s'était fixée.

Il remonta et se précipita vers la bibliothèque pour consulter le livre dont elle avait parlé. Il y apprit que l'île s'appelait Svi-an-Fanla-Brool.

Svi-an-Fanla-Brool. Un nom peu agréable. Autant que Corum pût l'interpréter, cela signifiait le

Foyer du Dieu Comblé. Qu'est-ce que cela voulait dire ? Il parcourut le texte sans y trouver de réponse.

Les heures passaient pendant qu'il copiait les cartes et les points de repère indiqués par le capitaine du navire venu à Moidel trente années auparavant. Il était très tard quand il rentra dans sa chambre. Rhalina était sur le lit.

Il la regarda. Elle s'était visiblement endormie à force de larmes.

A son tour de lui apporter la consolation.

Mais il n'avait pas le temps.

Il se dévêtit. Il se glissa dans le lit entre la soie et la fourrure, en s'efforçant de ne pas la réveiller. Mais elle s'agita.

« Corum ? »

Il ne répondit pas.

Il la sentit trembler un moment, mais elle ne dit rien.

Il s'assit sur le lit, l'esprit en conflit. Il l'aimait. Il ne fallait pas l'aimer. Il chercha à s'endormir. Impossible.

Il lui caressa l'épaule.

« Rhalina ?

— Oui, Corum. »

Il respira profondément, voulant lui expliquer combien impérieux était son besoin de supprimer Glandyth, lui répéter qu'il reviendrait une fois sa vengeance accomplie.

Mais il dit simplement : « La tempête fait rage autour du château en ce moment. Je repousse mes plans jusqu'au printemps. J'attendrai le printemps. »

Elle se retourna dans le lit pour le regarder dans le noir. « Il faut agir selon vos vœux. La pitié tue le véritable amour, Corum.

— Ce n'est pas la pitié qui m'incite.

— Est-ce votre sens de la justice ? Cela non plus...

— Je me répète que c'est en effet mon sens de la

justice qui m'incite à rester, mais je sais qu'il n'en est rien.

— Alors, pourquoi rester ?
— Ma résolution de partir a faibli.
— Qu'est-ce qui l'a affaiblie, Corum ?
— Un sentiment plus paisible et peut-être plus fort. C'est mon amour pour vous, Rhalina, qui a remplacé mon désir de vengeance immédiate contre Glandyth. C'est l'amour. Voilà tout ce que je peux vous dire. »

Elle se remit alors à pleurer, mais ce n'était plus de chagrin.

10

UN MILLIER D'ÉPÉES

L'HIVER faisait rage. Les tours paraissaient trembler sous les violentes rafales de vent. La mer s'écrasait sur les Rocs du Mont Moidel et les vagues montaient parfois plus haut que le château.

Les jours étaient presque aussi sombres que les nuits. Malgré les énormes feux allumés dans les salles, le froid pénétrait partout. Il fallait porter constamment de la laine et des fourrures et les habitants erraient, alourdis, semblables à des ours sous leurs épais vêtements.

Pourtant, Corum et Rhalina, un homme et une femme issus d'espèces différentes, remarquaient à peine ce déchaînement de l'hiver. Ils se chantaient des ballades et écrivaient des sonnets sur la profondeur et la passion de leur amour. Une folie les enveloppait (si la folie consiste bien à nier certaines réalités fondamentales), mais c'était une démence agréable, une douce aberration.

Et pourtant c'était folie.

Quand le gros de l'hiver fut passé, mais avant que le printemps se fût manifesté, alors qu'il y avait encore de la neige sur les roches au-dessous du château et peu d'oiseaux pour chanter dans le ciel gris au-dessus des forêts lointaines et dénudées du continent, alors que la mer épuisée se contentait de lécher de ses flots noirs la base des falaises, ce fut alors que les Mabdens étrangers firent leur apparition, chevauchant parmi les arbres à la fin de la matinée, le souffle fumant, leurs chevaux glissant sur le sol glacé, dans un crissement de harnais et un cliquetis d'armes.

Beldan fut le premier à les voir, alors qu'il était monté sur le rempart pour se dégourdir les jambes.

Beldan, le jeune homme qui avait arraché Corum à la mer, pivota et rentra en hâte dans la tour, puis dévala les degrés jusqu'à ce qu'une silhouette lui barrât le chemin en riant.

« Les lieux sont en haut, Beldan, pas en bas ! »

Beldan reprit haleine et parla lentement. « Je me rendais à vos appartements, Prince Corum. Et, du rempart, je les ai vus. Une force importante. »

Le visage de Corum s'assombrit, il lui venait une douzaine d'idées à la fois. « Les avez-vous reconnus ? Qui sont-ils ? Des Mabdens ?

— Des Mabdens sans aucun doute. Je crois qu'il pourrait s'agir de guerriers des tribus Pony.

— Ceux contre qui a été érigé le Margravat ?

— Oui. Mais ils ne nous ont plus causé de difficultés depuis cent ans. »

Corum ébaucha un sourire amer.

« Peut-être que nous finirons tous par succomber à cause de cette même ignorance qui a tué les Vadhaghs. Peut-on défendre le château, Beldan ?

— S'il ne s'agit que d'une force réduite, oui. Normalement les tribus Pony sont désunies et leurs guerriers ne sortent guère qu'en bandes de vingt à trente.

— Et croyez-vous que ce soit une force réduite ? »

Beldan secoua la tête. « Non, Prince. Je crains que ce ne soit une masse importante.

— Alertez les combattants. Et ces créatures, les chauves-souris géantes ?

— Elles dorment l'hiver et rien ne les réveillerait.

— Quels sont vos moyens courants de défense ? »
Beldan se mordit la lèvre.

« Eh bien ?

— Nous n'en avons pour ainsi dire pas. Il y a si longtemps que nous n'avons plus eu à y songer. Les tribus Pony craignent toujours la puissance de Lywm-an-Esh. Une peur chargée de superstition depuis que la terre a reculé au-delà de l'horizon. Nous comptions sur cette peur.

— Alors, faites de votre mieux, Beldan. Je vous rejoins dans un moment, après que j'aurai jeté un coup d'œil à ces guerriers. Il se peut qu'ils ne soient pas animés de sentiments belliqueux. »

Beldan dégringola les marches et Corum monta dans la tour, puis sortit sur le rempart.

Il constata que la marée commençait à descendre, et, quand elle aurait terminé son mouvement, la digue naturelle entre l'île et la terre ferme serait à découvert. La mer était grise et glacée, la côte sinistre. Et les guerriers étaient là.

C'étaient des hommes hirsutes sur des poneys hirsutes. Ils portaient des casques de fer aux visières de cuivre façonnées en masques sauvages, effrayants. Ils avaient des manteaux de peau de loup ou de mouton, des armures de fer, des vestes de cuir, des bandes de tissu bleu, rouge ou jaune enroulées autour des pieds et jusqu'au genou, maintenues par des lacets. Ils étaient armés de lances, d'arcs, de haches et de massues. Chacun des hommes avait en outre un glaive attaché à sa selle. Les glaives étaient neufs, estimait Corum, car ils étincelaient comme au sortir de la forge, même dans la terne clarté de ce jour hivernal.

Plusieurs rangs s'étaient déjà formés sur la plage, et d'autres cavaliers sortaient au trot de la forêt.

De sa main valide, Corum resserra son manteau de peau de mouton sur son corps et décocha pensivement un coup de pied aux pierres du rempart, comme pour s'assurer de leur solidité.

Il compta de nouveau les guerriers sur la plage. Il en compta un millier.

Un millier de cavaliers avec un millier d'épées forgées depuis peu.

Il fronça les sourcils. Mille casques de fer se tournaient vers le château de Moidel. Un millier de masques de cuivre regardaient fixement Corum de l'autre côté de l'eau tandis que la marée descendait lentement et que la digue apparaissait déjà sous la surface.

Corum frissonna. Un oiseau-fou survola l'armée silencieuse et poussa un cri, comme pris d'une soudaine terreur, avant de remonter haut dans les nuages.

Le roulement grave d'un tambour résonna dans la forêt. La note métallique en était mesurée, lente, et se répercutait en écho à la surface des eaux.

Il semblait bien que les mille guerriers ne fussent pas venus avec la paix dans leurs cœurs.

Beldan rejoignit Corum.

Le jeune homme était pâle. « J'ai parlé à la Margravine et alerté nos combattants. Nous avons cent cinquante hommes en état de livrer bataille. La Margravine consulte les notes de son époux. Il avait rédigé un traité sur la meilleure façon de défendre le château en cas d'attaque de cette nature. Il semble qu'il ait eu l'intuition que les tribus Pony s'uniraient un jour.

— Je regrette de ne pas avoir lu ce traité », dit Corum. Il inspira une grande bouffée d'air glacé. « N'y a-t-il ici personne qui ait une certaine expérience de la guerre ?

— Personne, Prince.

— Alors, il nous faut apprendre rapidement.

— Certes. »

Un bruit monta de l'escalier et des hommes aux armures étincelantes apparurent. Chacun d'eux était muni d'un arc et de nombreuses flèches. Chacun avait sur la tête un casque façonné dans la coquille rose en spirale d'un murex géant. Chacun dissimulait sa peur.

« Nous allons tenter de parlementer », murmura Corum. « Dès que la digue sera découverte. Nous chercherons à prolonger les pourparlers jusqu'à ce que la mer remonte. Cela nous donnera quelques heures de plus pour nous préparer.

— Ils soupçonneront certainement que c'est une ruse », objecta Beldan.

Corum acquiesça de la tête en se frottant la joue de son moignon. « Exact. Mais si nous... si nous leur *mentons* quant à nos effectifs, peut-être parviendrons-nous à les déconcerter un moment. »

Beldan ébaucha un pâle sourire mais ne répondit pas. Ses yeux commençaient à briller d'un éclat inaccoutumé. Corum pensa y reconnaître l'ardeur au combat.

« Je vais voir ce que la Margravine a appris dans les écrits de son mari », dit-il. « Restez ici en surveillance, Beldan. S'ils se mettent en mouvement, prévenez-moi.

— Ce fichu tambour ! » s'écria le jeune homme. « Il me fait frémir le cerveau !

— Essayez de ne pas y penser. Cela vise à saper notre résolution. »

Corum entra dans la tour et descendit les marches jusqu'à l'appartement de Rhalina.

Assise devant une table, elle examinait des manuscrits. Elle leva les yeux à son entrée et amorça un sourire. « Il semble que nous devions payer le prix de notre amour. »

Il la regarda, surpris. « C'est sans doute un concept de Mabden que je ne comprends pas...

— Et je suis une sotte de dire des bêtises. Mais je regrette qu'ils aient choisi ce moment pour venir nous attaquer. Ils ont mis cent ans à se décider...

— Qu'avez-vous appris dans les notes de votre mari ?

— Où se trouvent nos positions les plus faibles.

Où nos remparts sont le mieux défendus. J'y ai déjà placé des hommes. On chauffe des chaudrons de plomb.

— Dans quel but ?

— Vous savez maintenant peu de chose sur la guerre. Encore moins que moi ! Le plomb fondu sera déversé sur la tête des envahisseurs quand ils tenteront d'escalader les murailles.

— Devons-nous être si sauvages ? » fit Corum, frissonnant.

« Nous ne sommes pas des Vadhaghs. Nous ne luttons pas contre des Nhadraghs. Vous pouvez compter que ces Mabdens ont des méthodes de combat plutôt brutales, eux aussi...

— Bien sûr. Je ferais bien de jeter un coup d'œil aux écrits du Margrave. C'était sans nul doute un homme qui avait le sens des réalités.

— Oui », fit-elle d'une voix douce en lui tendant un feuillet. « De certaines réalités, en tout cas. »

C'était la première fois qu'elle lui parlait ainsi de son mari. Il aurait voulu la questionner, mais elle agita sa main délicate. « Lisez rapidement. Vous déchiffrerez vite l'écriture. Mon mari a choisi l'ancienne Haute Langue que nous avons apprise des Vadhaghs. »

Corum étudia l'écriture. Bien formée, elle était néanmoins sans personnalité. Il lui semblait qu'à cette imitation des écrits vadhaghs manquait l'âme, mais, comme l'avait dit Rhalina, c'était très lisible.

On frappa à la porte principale de l'appartement, Rhalina se leva pour aller répondre. Un soldat se présenta.

« C'est Beldan qui m'envoie, Dame Margravine. Il prie le Prince Corum de le rejoindre sur les remparts. »

Corum posa le manuscrit. « Je viens immédiatement. Rhalina, voulez-vous faire préparer mes armes ? »

Elle acquiesça du geste et il sortit.

La digue affleurait l'eau à présent. Beldan criait à l'adresse des guerriers sur la grève des propositions de pourparlers.

Le tambour battait toujours, lent et régulier.

Les guerriers ne répondaient pas.

Beldan se tourna vers Corum. « Ils réagiraient tout autant s'ils étaient morts. Ils paraissent avoir de la discipline, pour des barbares. Je pense que la situation comporte encore un élément qui ne s'est pas révélé. »

Corum avait la même impression. « Pourquoi m'avez-vous envoyé chercher ?

— J'ai vu quelque chose dans les arbres. Un éclat d'or. Je n'en suis pas certain. On dit que les Vadhaghs ont la vue plus perçante que nous. Dites-moi si vous distinguez quelque chose, par là. » Il tendait le bras.

Corum eut un sourire amer. « Deux yeux de Mabden valent mieux qu'un seul de Vadhagh... » Il regarda néanmoins dans la direction indiquée. Sans nul doute, il y avait quelque chose sous les arbres. Il modifia son angle de vision pour tâcher de mieux voir.

Alors, il comprit de quoi il s'agissait. Une roue de char ornée d'or.

La roue se mit à tourner. Des chevaux sortirent de la forêt. Quatre bêtes hirsutes, un peu plus grandes que celles montées par les tribus Pony, traînant un grand char sur lequel se tenait un guerrier de haute taille.

Corum reconnut le conducteur du char. Le Mabden était couvert de fourrure, de cuir et de fer, il avait une grande barbe, son casque était orné d'ailes. Il avait fière allure.

« C'est le Comte Glandyth-a-Krae », fit Corum.

« Celui qui vous a ôté la main et l'œil ? » demanda Beldan.

Corum fit un signe affirmatif.

« Alors, peut-être a-t-il uni les tribus Pony, leur a-t-il remis ces épées étincelantes et leur a-t-il imposé cet ordre qui règne dans leurs rangs.

— Probable. C'est moi qui ai attiré cela sur Moidel, Beldan. »

Celui-ci haussa les épaules. « Ce serait arrivé. Vous avez rendu notre Margravine heureuse. Je ne l'avais jamais connue aussi heureuse, Prince.

— Vous autres, Mabdens, avez l'impression, semble-t-il, que tout bonheur doit s'acheter au prix de grandes misères.

— Possible.

— Un Vadhagh a du mal à le comprendre. Nous pensons — nous croyions — que le bonheur est l'état normal des êtres raisonnables. »

Vingt chars sortirent de la forêt. Ils se disposèrent derrière Glandyth, qui se trouva ainsi placé entre les guerriers masqués et silencieux et ses propres troupes, les Denledhyssis.

Les roulements de tambour cessèrent.

Corum écoutait la marée descendre. Maintenant, la digue était complètement découverte.

« Il doit m'avoir suivi. Ayant appris où j'étais, il a passé l'hiver à recruter et à instruire ces hommes », fit Corum.

« Mais comment a-t-il découvert où vous vous cachiez ? »

Comme pour lui répondre, les rangs des tribus Pony s'ouvrirent et Glandyth poussa son véhicule vers la digue. Il se pencha, ramassa quelque chose sur le plancher du char, l'éleva au-dessus de sa tête et le jeta par-dessus les chevaux.

Corum eut un frisson en reconnaissant la chose.

Beldan se raidit et allongea la main pour se cramponner à la pierre, la tête basse.

« Est-ce l'Homme Brun, Prince ?

— Oui.

— Une créature si innocente ! Si bonne. Son maître n'a-t-il pu la sauver ? On a dû le torturer pour en tirer des renseignements sur votre asile... »

Le chevalier des Épées. 4.

Corum se redressa. Il parla d'une voix basse et froide : « J'ai une fois affirmé à votre maîtresse que Glandyth était une maladie qu'il fallait supprimer. J'aurais dû aller contre lui auparavant, Beldan.

— Il vous aurait tué.

— Mais il n'aurait pas tué l'Homme Brun de Laahr. Serwde servirait encore son mélancolique maître. Le destin m'a marqué, Beldan. Je crois que je devrais être mort et que tous ceux qui m'aident à rester en vie sont également condamnés. Je vais maintenant combattre Glandyth, tout seul. Et le château sera sauvé. »

Beldan avala sa salive. « Nous avons décidé de vous aider. Vous ne l'avez pas demandé. Laissez-nous donc décider aussi du moment où nous vous retirerons notre aide.

— Non, car alors la Margravine et tous ses gens périraient sûrement.

— Ils périront de toute façon.

— Pas si je me laisse prendre par Glandyth.

— Glandyth a dû offrir le château comme prix aux tribus Pony si elles s'alliaient avec lui », signala Beldan. « Ils se fichent de vous. Ils désirent piller et détruire ce qu'ils ont eu en haine durant des siècles. Il est vraisemblable que Glandyth se contenterait de votre personne — il s'en irait — mais il laisserait derrière lui ce millier d'épées. Nous devons tous lutter ensemble, Prince. Il n'y a plus d'autre solution. »

11

L'INVOCATION

Corum regagna ses appartements, où ses armes et son armure l'attendaient. L'armure lui était inconnue, cuirasse de poitrine et de dos, jambarts et jupon, le tout découpé dans les coquilles bleu perle d'une créature marine appelée *anufec,* qui avait autrefois vécu dans les eaux occidentales. Cette coquille était plus résistante que le fer le plus dur et plus légère qu'une cotte de mailles. Un grand casque à crête avec une longue visière avait été, comme ceux des autres défenseurs de Moidel, taillé dans une vaste coquille de murex. Les serviteurs aidèrent Corum à s'habiller et lui remirent une grande épée de fer si bien équilibrée qu'il lui suffisait de sa main valide pour la tenir. Son bouclier, qu'il fit attacher à son bras sans main, était la coquille d'un crabe lourdement protégé qui, selon les domestiques, avait vécu autrefois en un lieu situé de l'autre côté de Lywm-an-Esh, connu sous le nom de Terre de la Mer Lointaine. Cette armure avait appartenu au défunt Margrave qui la tenait de ses ancêtres, qui la possédaient, eux, déjà bien avant qu'il eût été jugé nécessaire de créer le Margravat.

Corum appela Rhalina tandis qu'on le préparait à la guerre, mais, bien qu'il la vît par les portes ouvertes, elle ne leva pas la tête de ses papiers.

C'était le dernier manuscrit du Margrave, et il paraissait l'intéresser plus que les autres.

Corum sortit pour regagner les remparts.

Le char de Glandyth n'était plus à l'entrée de la digue, mais les rangs des guerriers n'avaient pas bougé. Le petit cadavre de l'Homme Brun de Laahr gisait toujours sur le sol.

Le tambour battait de nouveau.

« Pourquoi n'avancent-ils pas ? » fit Beldan, la voix durcie sous l'effet de la tension.

« Peut-être pour une double raison », répondit Corum. « Ils espèrent à la fois nous terrifier et chasser la terreur de leurs propres cœurs.

— Ils auraient peur de nous ?

— Les tribus Pony, probablement. Après tout, vous me l'avez dit vous-même, ils vivent depuis des siècles dans la crainte superstitieuse du peuple de Lywm-an-Esh. Ils nous soupçonnent de disposer de moyens de défense surnaturels. »

Beldan ne put retenir un sourire ironique. « Vous commencez enfin à comprendre les Mabdens, Prince. Mieux que moi, je crois. »

Corum désigna Glandyth. « Voilà le Mabden qui m'a donné la première leçon.

— Du moins ne semble-t-il pas avoir peur, lui.

— Il ne craint pas les armes, mais il a peur de lui-même. De toutes les caractéristiques des Mabdens, je dirais que c'est la plus destructrice. »

Glandyth leva sa main couverte d'un gantelet.

Le silence s'établit de nouveau.

— « Vadhagh ! » tonna la voix farouche. « Voyez-vous qui est venu vous défier en ce château de vermines ? »

Corum ne répondit pas. Caché par le créneau, il observait Glandyth, qui balayait des yeux les remparts, le cherchant.

« Vadhagh ! Etes-vous là ? »

Beldan lança un coup d'œil interrogateur à Corum, qui restait silencieux.

« Vadhagh ! Vous avez vu que nous avons tué votre démon familier ! Maintenant, nous allons vous détruire... ainsi que tous ces méprisables Mabdens qui vous ont donné asile. Parlez, Vadhagh ! »

Corum murmura à Beldan : « Nous devons faire durer cette trêve le plus longtemps possible. Chaque seconde qui passe ramène la mer vers notre digue.

— Ils ne vont pas tarder à attaquer. Bien avant le retour de la marée.

— Vadhagh ! Vous êtes bien le plus couard d'une race de couards ! »

Glandyth commençait à tourner la tête vers ses hommes comme pour leur lancer l'ordre d'attaque. Corum sortit du créneau et éleva la voix.

Ses paroles, même avec sa froide colère, étaient une musique fluide par comparaison avec les tons rauques de Glandyth.

« Me voici, Glandyth-a-Krae, vous, le plus lamentable et pitoyable de tous les Mabdens ! »

Déconcerté, Glandyth se retourna, puis il éclata d'un rire âpre. « Ce n'est pas moi qui suis pitoyable ! » Il fouilla sous ses fourrures et en tira un objet pendu à son cou par un lacet. « Oseriez-vous venir me reprendre ceci ? »

Corum sentit la bile lui remonter à la bouche en voyant l'objet. Sa propre main momifiée, encore ornée de la bague que lui avait donnée sa sœur.

« Et regardez ! » Glandyth prit dans une poche un petit sachet de cuir et l'agita. « J'ai aussi conservé votre œil ! »

Corum domina sa haine et sa nausée et cria : « Vous pouvez me prendre tout le reste, Glandyth, si vous faites faire demi-tour à votre horde et si vous laissez en paix le château de Moidel. »

Glandyth leva le menton et partit d'un rire tonitruant. « Oh non ! Vadhagh ! Ils ne me permettraient pas de les priver d'une bataille... ni de leur prix. Ils attendent ce moment depuis bien des mois. Ils vont massacrer tous leurs anciens ennemis. Et je vais vous tuer. J'avais cru passer l'hiver dans le confort de la cour de Lyr-a-Brode, mais au contraire il m'a fallu camper sous la tente avec nos amis. J'ai l'intention de vous tuer vite, Vadhagh, je vous le promets. Je n'ai plus de temps à perdre sur un morceau de charogne mutilée comme vous. » Il rit de nouveau. « Qui est une " demi-chose " à présent ?

— Ainsi, vous n'auriez pas peur de me combattre en duel ? » cria Corum. « Vous pourriez vous mesurer avec moi sur la digue et sans nul doute m'expédier rapidement. Et puis vous pourriez laisser le château à vos amis et retourner dans votre pays plus tôt. »

Glandyth plissait le front en réfléchissant.

« Pourquoi feriez-vous le sacrifice de votre vie un peu plus vite que ce n'est nécessaire ?

— Je suis fatigué de vivre en infirme. Je suis fatigué d'avoir peur de vous et de vos hommes. »

Glandyth n'était pas convaincu. Corum s'efforçait de gagner du temps par cette conversation et cette offre, mais d'autre part peu importait à Glandyth la difficulté que les tribus Pony auraient à emporter la forteresse après qu'il aurait tué Corum.

Il finit par hocher la tête et lança : « Très bien, Vadhagh, descendez sur la digue. Je vais ordonner à mes hommes de rester à l'écart tant que nous nous battrons. Si vous me tuez, mes hommes des chars laisseront aux autres le soin de livrer bataille.

— Je ne crois pas à cette partie de votre proposition », répondit Corum. « Elle ne m'intéresse d'ailleurs pas. Je vais descendre. »

Corum prit tout son temps. Il ne voulait nullement mourir de la main de Glandyth et il savait que si par hasard Glandyth tombait en son pouvoir, les hommes du Comte bondiraient au secours de leur maître. Tout ce qu'il espérait gagner, c'était quelques heures de répit pour les défenseurs.

Rhalina le rencontra devant la porte de leur appartement.

« Où allez-vous, Corum ?

— Combattre Glandyth et probablement mourir. Je mourrai en vous aimant, Rhalina. »

Elle avait une expression horrifiée. « Non, Corum !

— C'est indispensable pour que le château ait une chance de contenir l'assaut.

— Non, Corum ! Il y a peut-être un moyen d'obtenir une assistance. Mon mari en parle dans son traité. Une dernière ressource.

— Quelle assistance ?

— Il reste vague à ce sujet. Quelque chose qui lui a été transmis par ses ancêtres. Une invocation. De la sorcellerie. »

Corum eut un triste sourire. « La sorcellerie n'existe pas, Rhalina. Ce que vous appelez sorcellerie n'est qu'une poignée de fragments de connaissances vadhaghs insuffisamment apprises.

— Ce n'est pas du savoir vadhagh. C'est autre chose. Une évocation, ou une invocation. »

Il voulut passer, elle le retint par le bras. « Corum, laissez-moi tenter l'évocation ! »

Il dégagea son bras et, l'épée à la main, recommença à descendre. « Très bien, Rhalina, essayez ce que vous voudrez. Même si vous avez raison, vous aurez besoin de tout le temps que je pourrai gagner pour vous. »

Il l'entendit pousser un cri, sangloter, puis il se trouva dans le hall et se dirigea vers la grande porte de la forteresse.

Un guerrier, surpris, lui ouvrit le battant et il s'engagea enfin sur la digue.

A l'autre bout, ayant renvoyé son char et ses chevaux et repoussé du pied le cadavre de l'Homme Brun, se dressait Glandyth-a-Krae. Et près de Glandyth, lui portant sa hache de guerre, se tenait la silhouette gauche de l'adolescent Rodlik.

Glandyth tendit la main pour ébouriffer la chevelure de son page et découvrit les dents en un rictus de loup. Il prit la hache des mains de l'enfant et se mit en marche sur la digue.

Corum allait à sa rencontre.

La mer battait les pierres de la digue. Parfois, un oiseau de mer lançait un cri. Des deux côtés, les guerriers restaient silencieux. Défenseurs et assaillants surveillaient avec intensité les deux hommes qui arrivaient au milieu de la digue. Ils s'immobilisèrent à trois mètres l'un de l'autre.

Corum remarqua que Glandyth avait un peu maigri. Mais les yeux gris pâle avaient toujours cet éclat étrange, peu naturel, le visage était toujours aussi rouge et malsain qu'à leur dernière rencontre. Il tenait sa hache à deux mains, la tête penchée de côté sous le casque.

« Par le Chien ! Vous êtes devenu affreusement laid, Vadhagh !

— Alors, nous faisons la paire, Mabden, car vous n'avez pas du tout changé. »

Glandyth ricana. « Et vous voilà tout paré de jolis coquillages comme une fille du Dieu de la Mer sur le point de se marier avec son poisson d'époux. Eh bien, vous leur servirez peut-être de festin nuptial quand je jetterai votre corps à l'eau. »

Corum en avait assez de ces lourdes bouffonneries. Il bondit en avant et décocha un coup de sa grande épée à Glandyth, qui leva sa hache au manche couvert de métal et para le choc, en cédant un peu de terrain. Il garda sa hache dans la main droite, prit son couteau, se baissa et porta un coup de hache vers les genoux de Corum.

Celui-ci sauta en l'air et le fer siffla sous ses pieds. Il tenta un coup de pointe, mais la lame toucha l'épaulière du Mabden, sans l'entamer.

Glandyth n'en poussa pas moins un juron et tenta de nouveau le même coup. Corum sauta comme la première fois et la hache le manqua.

Glandyth recula et abattit la hache sur le bouclier fait d'une carapace de crabe, qui se fendit sous le choc mais ne se brisa pas entièrement. Toutefois, Corum en eut tout le bras engourdi. Il riposta d'un moulinet, que l'autre esquiva.

Corum essaya un coup de pied aux jambes du Mabden, qui fit plusieurs pas en arrière avant de s'arrêter.

Corum avança prudemment vers lui.

Alors Glandyth cria : « J'en ai assez ! Nous le tenons à présent ! Archers... tirez ! »

Alors, Corum s'aperçut que les chars étaient passés sans bruit au premier rang et que les archers avaient braqué leurs armes sur lui. Il leva son bouclier pour se protéger des flèches.

Glandyth fuyait sur la digue.

Corum avait été pris en traître. Il se passerait une heure encore avant que la marée ne remonte. Il semblait qu'il dût périr en vain.

Puis un autre cri, des remparts du château, et une volée de flèches s'abattit. Les hommes de Beldan avaient tiré les premiers.

Les flèches des Denledhyssis pleuvaient sur le bouclier et les jambarts de Corum. Il sentit quelque chose lui mordre la jambe juste au-dessus du genou, où il n'était pas protégé. Il baissa les yeux. C'était une flèche qui avait traversé les chairs et dont la pointe était ressortie derrière. Il voulut battre en retraite, mais il lui était difficile de le faire avec cette flèche. L'arracher de sa seule main le forcerait à lâcher son épée. Il jeta un coup d'œil vers la côte.

Comme il l'avait prévu, les premiers cavaliers s'engageaient sur la digue.

Il se traîna encore sur quelques mètres et comprit qu'il n'atteindrait pas la porte à temps. Il mit son genou indemne à terre, posa son arme sur le sol, brisa une partie de la flèche, sur le devant, puis tira la pointe par-derrière et la jeta de côté.

Il ramassa alors son épée et attendit l'attaque.

Les guerriers aux masques de cuivre galopaient à deux de front sur la digue, brandissant leurs épées neuves.

Corum porta un coup heureux au premier, qui fut désarçonné. L'autre cavalier avait voulu frapper le Prince, mais l'avait manqué et dépassé.

Corum sauta sur la selle primitive du poney. En guise d'étriers, des anneaux de cuir pendaient à la sangle. Le Prince réussit péniblement à passer les pieds dedans tout en parant le coup de taille que lui assénait l'autre cavalier, qui avait fait volte-face. Un autre encore survint, dont l'arme sonna sur le bouclier de Corum. Les chevaux renâclaient et cherchaient à se cabrer, mais la digue était trop étroite pour manœuvrer. Ni Corum ni l'autre ne pouvaient manier efficacement leurs épées, dans l'obligation où ils étaient de maîtriser leurs montures prises de panique.

Le reste des cavaliers masqués dut s'arrêter de peur de tomber dans la mer de part et d'autre de la digue, ce qui fournit aux archers de Beldan l'occasion qu'ils attendaient. Une nuée de flèches partit des remparts pour s'abattre sur les rangs des tribus Pony. Elles frappèrent plus de chevaux que d'hommes, mais le désarroi s'accrut d'autant.

Corum reculait toujours sur la digue et arriva presque à la porte. Il avait le bras paralysé du côté bouclier, et son autre poignet, qui maniait l'épée, le faisait souffrir, mais il parvenait quand même à se défendre.

Glandyth hurlait des ordres aux barbares pour qu'ils battent en retraite et se regroupent. Il était clair que ses plans n'avaient pas été exécutés. Corum réussit à sourire. Il avait tout de même obtenu un résultat.

Les portes du château s'ouvrirent soudain derrière lui. Beldan était là, avec cinquante archers prêts à tirer.

« Entrez vite, Corum ! » cria Beldan.

Saisissant les intentions de Beldan, Corum sauta à bas de son cheval et, courbé en deux, courut vers la porte tandis que la première volée de flèches passait au-dessus de lui. Il franchit le seuil et les battants se refermèrent.

Corum s'appuya à un pilier. Il haletait, il avait le sentiment d'un échec. Beldan lui frappa sur l'épaule.

« La marée monte, Corum ! Nous avons réussi ! »

Cette tape avait suffi à ébranler le Prince. Il vit l'expression surprise de Beldan quand il s'écroula sur les dalles et la situation l'amusa un bref instant avant qu'il perde connaissance.

Quand il revint à lui dans son lit, Rhalina était assise à la table et relisait les manuscrits. Corum comprit que si bien qu'il s'entraînât au combat, bien qu'il fût resté en vie après cette mêlée sur la digue, il ne survivrait pas longtemps dans le monde des Mabdens avec une seule main et un seul œil.

« Il me faut une nouvelle main, il me faut un nouvel œil, Rhalina », dit-il en s'asseyant.

Elle ne parut d'abord pas l'avoir entendu. Puis elle leva les yeux. Elle avait les traits tirés, le front plissé d'attention. Elle dit d'un air absent : « Reposez-vous », puis elle se remit à lire.

On frappa à la porte. Beldan entra rapidement. Corum voulut se lever, mais il fit la grimace. Sa jambe blessée était raide et tout son corps meurtri.

« Ils ont perdu une trentaine d'hommes », annonça Beldan. « La marée redescendra juste avant le coucher du soleil. Je ne suis pas certain qu'ils n'attaqueront pas de nouveau à ce moment. Mais, à mon avis, ils attendront le matin. »

Corum fronça les sourcils. « Cela dépend de Glandyth. Il doit estimer que nous ne nous attendons pas à une attaque de nuit et, par conséquent, il la tentera. Mais, si ces tribus Pony sont aussi superstitieuses que nous le pensons, elles pourraient bien répugner à se battre la nuit. Préparons-nous donc à une attaque lors du prochain reflux. Et postez des gardes de tous les côtés ! Est-ce que cela concorde avec le traité du Margrave, Rhalina ? »

Elle leva des yeux vagues et fit un signe d'assentiment. « Assez bien. »

Corum commença à boucler ses pièces d'armure, avec difficulté. Beldan lui vint en aide et ils partirent pour gagner les remparts.

Les Denledhyssis s'étaient regroupés sur la côte. Les morts et leurs poneys ainsi que le corps de l'Homme Brun de Laahr avaient été emportés par la mer. Quelques cadavres dansaient sur les flots, parmi les roches, au pied du château.

Les ennemis avaient adopté le même dispositif que précédemment. Les cavaliers masqués étaient massés sur six rangs de profondeur, Glandyth se tenait derrière eux et les chars étaient derrière lui.

Les chaudrons de plomb bouillonnaient sur les feux entretenus sur les remparts ; des catapultes se dressaient, avec des boulets de pierre en guise de munitions ; contre la muraille s'entassaient flèches et javelots.

La marée recommençait à descendre.

Le tambour métallique reprit ses battements. On percevait les tintements des harnais et des armes. Glandyth s'adressait à quelques cavaliers.

« Je crois qu'ils vont attaquer », dit Corum.

Le soleil était bas et le monde avait pris un aspect gris sombre et froid. Ils observaient la digue, qui émergeait peu à peu, encore couverte d'un ou de deux pieds d'eau.

Les roulements de tambour se firent plus rapides. Les cavaliers poussèrent une clameur. Ils se mirent en marche sur la digue parmi les éclaboussures.

La bataille pour le château de Moidel commençait.

Une partie seulement des cavaliers s'avançait sur la digue. Les deux tiers de la force étaient restés sur la côte. Corum devina ce que cela signifiait.

« Tous les points sensibles de la forteresse sont-ils gardés, Beldan ?
— Ils le sont, Prince.
— Bon. Je pense qu'ils vont tenter de mettre leurs chevaux à la nage pour aborder sur les roches et nous attaquer de toutes parts. Quand la nuit tombera, faites tirer des flèches enflammées de tous les côtés. »

Les cavaliers arrivaient à l'assaut. Les chaudrons de plomb fondu se déversèrent ; bêtes et hommes poussèrent des cris de douleur sous l'inondation du métal brûlant. La mer sifflait lorsque le plomb s'y engloutissait. Les ennemis avaient apporté des béliers, accrochés entre leurs montures. Ils se mirent à charger la porte. Des cavaliers étaient jetés bas sous les flèches, mais les chevaux continuaient leur course. Un des béliers défonça un battant et s'y coinça. Les hommes s'affairaient à le déloger, sans y parvenir. Ils furent écrasés sous un flot de plomb en fusion, mais le bélier resta bloqué.

« Placez les archers derrière la porte ! » ordonna Corum. « Et tenez les chevaux prêts, au cas où il y aurait pénétration ! »

Il faisait presque nuit, mais le combat se poursuivait. Quelques-uns des barbares chevauchaient à la base de la colline. Corum vit le rang suivant s'engager dans les eaux peu profondes.

Toutefois, Glandyth et ses chars restaient sur la plage sans prendre part à la bataille. Glandyth attendrait sans doute une percée des lignes de défense avant de s'aventurer sur la digue.

La haine de Corum envers le Comte de Krae avait encore grandi après la traîtrise de la journée. Maintenant, Glandyth se servait des barbares superstitieux à ses propres fins. Corum comprit qu'il l'avait bien jugé : cet homme corrompait tout ce qu'il approchait.

Tout autour du château, à présent, des défenseurs mouraient, percés de flèches et de javelots. Au moins cinquante étaient morts ou hors de combat, et la centaine qui restait ne formait qu'un mince rideau.

Le Prince fit rapidement une ronde sur les remparts, encourageant les guerriers à de nouveaux efforts, mais il n'y avait plus de plomb, les flèches et les javelots devenaient rares. Bientôt, ce serait le corps à corps.

La nuit vint. Les flèches éclairantes révélaient des ennemis de tous côtés. Des feux brûlaient sur les remparts. La lutte continuait.

Les barbares avaient repris l'attaque contre la porte principale. Ils avaient apporté de nouveaux béliers. Les battants grinçaient et commençaient à céder.

Corum prit tous les hommes disponibles et les conduisit dans la grande salle. Ils enfourchèrent leurs montures et se disposèrent en demi-cercle derrière les archers, en attendant l'irruption des barbares.

Encore des béliers qui défonçaient les battants. Puis Corum perçut les coups de haches et d'épées portés aux planches fendues.

Soudain, ils arrivèrent, hurlant et clamant. Leurs masques de cuivre accrochaient les reflets des feux, les rendant encore plus grimaçants, plus terrifiants. Les poneys renâclaient et se cabraient.

Les archers décochèrent une volée de flèches, pas plus, et durent battre en retraite pour laisser Corum et sa cavalerie charger les sauvages, surpris par cette manœuvre.

L'épée de Corum passa à travers un masque et transperça le visage qui était derrière. Le sang jaillit et un brandon grésilla sous le liquide rouge.

Oublieux de la douleur que lui causaient ses blessures, Corum taillait et pointait, renversant des cavaliers, tranchant des têtes et des membres. Mais ses derniers hommes et lui-même devaient reculer lentement sous les vagues incessantes de barbares qui envahissaient le château.

Il se tenait maintenant avec sa garde au fond de la grande salle, d'où l'escalier de pierre montait en demi-cercle vers l'étage supérieur. Les archers, postés sur les marches, lâchaient leurs traits. Ceux des assaillants qui ne s'occupaient pas de Corum et de ses gardes ripostaient au javelot et à l'arc, et un à un les archers de Moidel tombaient.

Corum jeta un coup d'œil circulaire sans cesser de se battre. Il ne restait guère qu'une douzaine de gens avec lui, et une cinquantaine de barbares étaient dans la salle. Dans quelques instants, Corum et tous ses amis seraient morts.

Il vit Beldan descendre l'escalier. Il crut tout d'abord que c'étaient des renforts, mais deux hommes seulement l'accompagnaient.

« Corum ! Corum ! »

Celui-ci était pressé par deux adversaires et ne put répondre.

« Corum ! Où est Dame Rhalina ? »

Alors, Corum retrouva des forces nouvelles. Il abattit son arme sur un crâne, qu'il fendit. Il mit l'homme à bas de son cheval, puis enfourcha la bête et sauta sur les marches. « Quoi ? Dame Rhalina serait-elle en danger ?

— Je ne sais pas, Prince. Impossible de la trouver. Je crains... »

Corum escalada les degrés quatre à quatre.

En bas, le tumulte de la bataille changeait de ton. Il semblait que les barbares poussaient des clameurs de surprise et de désarroi. Il s'arrêta pour regarder.

Les ennemis, pris de panique, battaient en retraite.

Corum ne comprenait pas ce qui se passait, mais il n'avait pas le temps de s'attarder.

Il parvint à ses appartements. « Rhalina ! Rhalina ! »

Pas de réponse.

Çà et là gisaient les corps de défenseurs et ceux de barbares qui avaient réussi à s'infiltrer par les fenêtres et les balcons insuffisamment protégés.

Rhalina aurait-elle été enlevée par un groupe d'ennemis ?

Il perçut alors un son étrange venant du balcon de l'appartement. Il s'immobilisa, puis avança avec circonspection.

Debout sur le balcon, Rhalina chantait. Le vent jouait dans sa robe et la faisait flotter en nuages multicolores. Elle avait les yeux fixés au loin et sa gorge vibrait.

Elle paraissait en transe, aussi Corum ne fit-il aucun bruit. Il l'observait. Il ignorait à quelle langue appartenaient les mots qu'elle prononçait. Sans doute une vieille langue mabden. Cela lui donnait le frisson.

Puis Rhalina cessa de chanter et se tourna vers lui. Mais sans le voir. Toujours en transe, elle passa devant lui et rentra dans la chambre.

Corum jeta un coup d'œil au-dehors. Il avait perçu une étrange lumière verte vers le continent.

Il ne vit rien de plus mais entendit les cris des barbares et le bruit des éclaboussures d'eau de part et d'autre de la digue. Nul doute qu'ils battaient en retraite, à présent.

Il revint dans l'appartement. Rhalina était sur sa chaise, devant la table. Elle se tenait rigide et ne l'entendit pas murmurer son nom. Avec l'espoir que cet état insolite changerait, il sortit de la chambre pour courir aux remparts.

Beldan y était déjà, bouche bée devant le miracle.

Un grand navire contournait le promontoire au nord. Il était la source de l'étrange lueur verte et naviguait rapidement, bien qu'il n'y eût plus de vent. Les barbares enfourchaient leurs chevaux ou fuyaient à pied dans les eaux qui commençaient à recouvrir la digue. Affolés de terreur, semblait-il. Dans les ténèbres de la côte, Corum entendait

Glandyth les maudire et s'efforcer de les relancer à l'assaut.

Le vaisseau scintillait de nombreux petits feux, apparemment. Les mâts et la coque paraissaient incrustés de pierreries éteintes. Et Corum vit alors ce que les barbares avaient vu les premiers. L'équipage. La chair putréfiée de leurs visages et de leurs membres.

Le navire était peuplé de cadavres.

« Qu'est-ce, Beldan ? » souffla-t-il. « Une illusion de magicien ? »

La voix du jeune homme était rauque. « Je ne pense pas, Prince Corum.

— Alors quoi ?

— C'est une évocation. C'est le vaisseau du vieux Margrave. Il a remonté à la surface. L'équipage a reçu un semblant de vie. Et regardez... » Il désignait une silhouette à la poupe, un être squelettique vêtu d'une armure, faite, comme celle de Corum, de grands coquillages, et les yeux de cet être, enfoncés dans les orbites, avaient le même éclat vert qui couvrait tout le navire comme des algues. « ... Voilà le Margrave en personne, revenu pour sauver son château. »

Corum dut faire effort pour continuer à regarder cette apparition qui se rapprochait.

« Je me demande s'il n'a pas aussi une autre raison de revenir », murmura-t-il.

12

LE MARCHÉ DU MARGRAVE

LE navire parvint à la digue et mit en panne. Il s'en dégageait des relents d'ozone et de décomposition.

« Si c'est une illusion, elle est parfaite », fit Corum, d'un ton dur.

Beldan ne répondit pas.

Ils entendaient au loin les barbares qui fuyaient à travers la forêt, le bruit des chariots qui viraient, entraînés par Glandyth à la poursuite de ses alliés.

Bien que tous les cadavres fussent armés, ils ne bougèrent pas, sauf pour tourner la tête tous ensemble vers la porte principale du château.

Corum restait figé d'étonnement et d'horreur. Les événements dont il était témoin semblaient issus de l'esprit superstitieux d'un Mabden. Cela ne pouvait pas exister dans la réalité. De telles images naissaient de la peur ignorante et de l'imagination morbide. Elles sortaient tout droit des tapisseries les plus primitives et les plus barbares qu'il avait vues dans le château.

« Que vont-ils faire maintenant, Beldan ?

— Je ne comprends rien aux choses occultes, Prince. Dame Rhalina est la seule d'entre nous à les avoir étudiées. C'est elle qui a procédé à l'évocation. Je sais seulement qu'il entrera en jeu un marché...

— Un marché ? »

Beldan souffla : « La Margravine ! »

Rhalina, encore en transe, avait franchi la porte et s'avançait, de l'eau jusqu'aux mollets, sur la digue, en direction du vaisseau. La tête du Margrave mort se tourna légèrement et le feu vert, au fond de ses orbites, s'aviva.

« NON ! »

Corum quitta précipitamment le rempart, dévala les degrés et passa dans la grande salle en enjambant les corps étendus.

« NON ! Rhalina ! NON ! »

Il parvint à la digue et se lança à sa poursuite, à demi suffoqué par la puanteur que répandait le vaisseau des morts.

« Rhalina ! » C'était un cauchemar pire que tous ceux qu'il avait subis depuis la destruction du château d'Erorn par Glandyth.

Elle était presque à la hauteur du navire quand il la rattrapa et la prit par le bras, de sa main unique.

Elle semblait l'avoir oublié et tenta de poursuivre sa marche.

« Rhalina ! Quel marché avez-vous donc passé pour nous sauver ? Pourquoi ce vaisseau des morts est-il venu ? »

Elle répondit d'une voix froide et atone : « Je vais rejoindre mon mari.

— Non, Rhalina ! On ne saurait honorer un tel marché. C'est horrible. C'est mauvais. C'est... c'est... »

Il voulait dire que tout cela n'existait pas, que c'était une hallucination collective. « Rentrez avec moi, Rhalina ! Que le vaisseau retourne aux profondeurs !

— Je dois y embarquer. Tels sont les termes du marché. »

Il s'accrochait à elle, s'efforçant de l'entraîner, puis une autre voix se fit entendre. Une voix qui paraissait sans substance et qui pourtant résonna en écho sous son crâne et l'incita à s'arrêter.

115

« Elle repart avec nous, Prince des Vadhaghs. Il le faut. »

Corum leva la tête. Le Margrave mort dressait le bras en un geste impérieux. Les yeux de feu vrillaient l'œil de Corum. Celui-ci tenta de se placer dans une perspective différente, de voir dans les autres dimensions autour de lui. Il y réussit, mais cela ne changea rien. Le vaisseau subsistait dans chacune des cinq dimensions. Il ne pouvait échapper à cette vision.

« Je ne la laisserai pas partir », répondit-il. « Votre marché est inique. Pourquoi devrait-elle mourir ?

— Elle ne mourra pas. Elle s'éveillera bientôt.
— Comment ? Sous les flots ?
— Elle a donné la vie à ce navire. Sans elle, nous coulons de nouveau. Avec elle à bord, nous vivons.
— Vivre ? Vous n'êtes pas vraiment vivants.
— C'est quand même mieux que la mort.
— Alors, la mort doit être plus affreuse que je ne l'imaginais.
— Elle l'est pour nous, Prince des Vadhaghs. Nous sommes les esclaves de Shool-an-Jyvan, car nous avons péri dans les eaux auxquelles il commande. Maintenant, laissez-nous nous retrouver, ma femme et moi.
— Non ! » protesta Corum en se cramponnant au bras de Rhalina. « Qui est ce Shool-an-Jyvan ?
— Notre maître. Il est de Svi-an-Fanla-Brool.
— Le Foyer du Dieu Comblé ! » L'endroit où Corum avait eu l'intention de se rendre avant que l'amour de Rhalina l'eût retenu au château de Moidel.

« Maintenant, laissez ma femme monter à bord !
— Comment pourriez-vous m'y obliger ? Vous êtes mort ! Vous n'avez d'autre pouvoir que d'effrayer des barbares.
— Nous vous avons sauvé la vie. Alors, laissez-

nous une chance de vivre. Elle doit nous accompagner.

— Les morts sont égoïstes. »

Le cadavre opina de la tête, et le feu vert perdit un peu de son intensité. « Oui, les morts sont égoïstes. »

Les hommes d'équipage s'étaient mis en mouvement. Corum entendait leurs pas traînants sur le pont gluant de vase. Il voyait leurs chairs pourrissantes, leurs orbites luisantes. Il commença à reculer, entraînant Rhalina. Mais elle ne voulait pas s'éloigner et il était totalement épuisé. Haletant, il s'arrêta pour lui parler avec insistance : « Rhalina, je sais que vous ne l'avez jamais aimé, pas même en vie. Vous m'aimez. Je vous aime. Ces sentiments sont tout de même plus puissants qu'un marché !

— Je dois rejoindre mon mari ! »

L'équipage des morts était descendu sur la digue et se dirigeait vers eux. Corum avait laissé son épée au château. Il était désarmé.

« Ne bougez plus ! » commanda-t-il. « Les morts n'ont aucun droit de s'emparer des vivants ! »

Les cadavres avançaient néanmoins.

Corum s'adressa à la silhouette du Margrave, toujours dressée à la poupe. « Arrêtez-les ! Prenez-moi au lieu d'elle ! Passez marché avec moi !

— Je ne peux pas.

— Alors, permettez-moi de l'accompagner. Quel mal y aurait-il ? Vous auriez deux êtres vivants pour réchauffer vos âmes mortes ! »

Le Margrave parut réfléchir.

« Pourquoi ce sacrifice ? Les vivants n'aiment guère les morts.

— J'aime Rhalina. C'est l'amour, comprenez-vous ?

— L'amour ? Les morts ne savent rien de l'amour.

— Et, pourtant, vous exigez la présence de votre femme.

117

— C'est elle qui a proposé le marché. Shool-an-Jyvan l'a entendue et nous a envoyés. »

Les cadavres aux pieds traînants les entouraient à présent. Corum eut la nausée tant leur puanteur l'incommodait.

« Alors, je pars avec vous. »

Le Margrave défunt inclina la tête.

Escortés par les morts, Corum et Rhalina montèrent à bord. Le vaisseau était couvert de la vase des fonds marins et enveloppé d'algues qui répandaient la lueur verte. Ce que Corum avait pris pour des pierreries éteintes n'était que des arapèdes cramponnés partout. Un dépôt gluant enduisait coque et mâture.

Sous les yeux du Margrave, debout à la poupe, on entraîna Corum et Rhalina jusqu'à une cabine où on les fit entrer. Il y régnait de quasi-ténèbres et la puanteur de la décomposition.

Il entendit grincer les bois pourris et le vaisseau se mit en mouvement.

Il filait rapidement malgré l'absence de vent ou de tout autre moyen de propulsion.

Il faisait route vers Svi-an-Fanla-Brool, l'île des légendes, le Foyer du Dieu Comblé.

DEUXIÈME PARTIE

*Où le Prince Corum reçoit un présent
et conclut un pacte*

1

LE SORCIER AMBITIEUX

TANDIS qu'ils voguaient dans la nuit, Corum s'essayait fréquemment à éveiller Rhalina de sa transe, mais rien n'y faisait. Etendue sur les soieries humides et pourries d'une couchette, elle fixait des yeux le plafond. Par le hublot trop petit pour permettre une évasion filtrait une faible lumière verte. Corum arpentait la cabine, ayant encore peine à croire à la situation.

C'était visiblement l'appartement personnel du vieux Margrave. Et, si Corum n'avait pas été dans cette cabine, le Margrave aurait-il partagé la couche de sa femme ?

Corum eut un frisson et porta la main à sa tête, persuadé qu'il était fou ou qu'il subissait un sort... certain que rien de tout cela ne pouvait être.

En sa qualité de Vadhagh, il était préparé à bien des événements et circonstances qui auraient paru insolites aux Mabdens. Pourtant, ceci lui paraissait totalement surnaturel. C'était un défi à tout ce qu'il connaissait de science. S'il était sain d'esprit et que tout était bien conforme à ce qu'il voyait, alors les pouvoirs des Mabdens étaient très supérieurs à tout ce dont avaient disposé les Vadhaghs. Pourtant, c'étaient des pouvoirs ténébreux et morbides, des pouvoirs malsains, la quintessence du mal...

Corum était fatigué mais n'arrivait pas à dormir.

Tout ce qu'il touchait était gluant et lui donnait envie de vomir. Il essaya la serrure de la porte. Bien que le bois fût pourri, le battant avait une résistance extraordinaire. Une autre force était en jeu. Les poutres du vaisseau tenaient ensemble par autre chose que des chevilles et du goudron.

La fatigue ne lui rendait d'ailleurs pas les idées plus claires. Sa pensée demeurait confuse, désespérée. Il regardait souvent par le hublot dans l'espoir de découvrir quelque point de repère, mais il n'y avait rien à voir qu'une vague de temps en temps, ou une étoile.

Beaucoup plus tard, il observa une mince ligne grise à l'horizon, et fut soulagé de voir venir le jour. Ce navire était un vaisseau de la nuit. Il disparaîtrait quand le soleil se lèverait et Corum et Rhalina s'éveilleraient pour se retrouver dans leur propre lit.

Mais, alors, qu'est-ce qui avait fait peur aux barbares ? Ou n'était-ce qu'une partie du rêve ? Peut-être que sa chute derrière la porte, après le combat contre Glandyth, lui avait donné la fièvre ? Peut-être ses compagnons continuaient-ils à défendre leur vie contre les tribus Pony ? Il se frotta la tête avec son moignon. Il s'humecta les lèvres et s'efforça encore une fois de se transporter dans les dimensions. Mais elles restaient closes pour lui. Il reprit sa marche de long en large, attendant le matin.

Puis un bourdonnement insolite lui vint aux oreilles. Cela lui démangeait le cerveau. Il plissa le front. Il se frotta la figure. Le bourdonnement grandit. Il avait les oreilles douloureuses, les dents agacées. Le volume s'amplifia.

Il mit sa main sur une oreille et couvrit l'autre de son bras. Les larmes lui montaient aux yeux. Dans l'orbite privée d'œil, une douleur térébrante s'était installée.

Il titubait d'un bord à l'autre de la cabine, il tenta même de défoncer la porte.

Mais ses sens le quittaient. Sa vision se troublait...

... Il se tenait dans une salle sombre aux murs de pierre gaufrée qui s'incurvaient au-dessus de lui et se rejoignaient pour former le plafond, très haut. La construction était équivalente à ce que les Vadhaghs avaient créé de meilleur, mais ce n'était pas beau. C'était plutôt sinistre.

Il avait mal à la tête.

Devant lui, l'air frémissait en une pâle clarté bleue, puis un grand adolescent apparut devant lui. Le visage était jeune, mais les yeux très vieux. Il portait une simple robe de brocart jaune. Il s'inclina, tourna le dos, fit quelques pas et s'assit sur un banc de pierre ménagé dans le mur.

Corum fronça les sourcils.

« Vous croyez rêver, maître Corum ?

— Je suis le Prince Corum à la Robe Ecarlate, le dernier de la race des Vadhaghs.

— Il n'y a pas d'autre Prince que moi, ici », dit à voix basse le jeune homme. « Je ne le permettrai pas. Si vous saisissez bien cela, il n'y aura pas de difficultés entre nous. »

Corum haussa les épaules. « Je crois rêver, oui.

— C'est exact en un sens, évidemment. Comme nous rêvons tous. Pendant un certain temps, Vadhagh, vous avez été enfermé dans un rêve de Mabdens. La loi des Mabdens domine votre destin et vous en avez du ressentiment.

— Où est le vaisseau qui m'a amené ? Où est Rhalina ?

— Le navire ne peut pas voguer le jour. Il est retourné dans les profondeurs.

— Et Rhalina ? »

L'autre sourit. « Elle est partie avec lui, naturellement. Selon le marché qu'elle a conclu.

— Alors, elle est morte ?

— Non, elle vit.

— Comment pourrait-elle vivre sous la surface de l'océan ?

123

— Elle vit. Elle vivra toujours. Elle apporte un courage énorme à l'équipage.

— Qui êtes-vous ?

— Je pense que vous avez deviné mon nom.

— Shool-an-Jyvan.

— Prince Shool-an-Jyvan, seigneur de tout ce qui est mort dans la mer... C'est un de mes nombreux titres.

— Rendez-moi Rhalina.

— J'en ai l'intention. »

Corum adressa un regard soupçonneux au sorcier. « Comment ?

— Vous ne pensez pas que je me serais donné le mal de répondre à la faible tentative d'évocation qu'elle a faite si je n'avais d'autres idées en tête, n'est-ce pas ?

— Votre motivation est claire. Vous vous réjouissez de l'horreur de sa situation.

— Ridicule. Suis-je si infantile ? J'ai dépassé ce genre de distractions. Je vois que vous commencez à discuter comme les Mabdens. Tant mieux pour vous si vous tenez à survivre dans ce rêve mabden.

— C'est un rêve ?

— En quelque sorte. Mais assez réel. C'est ce que l'on pourrait appeler le rêve d'un dieu. Ou, pourrait-on dire, un rêve qu'un dieu a laissé devenir réalité. Je fais, bien sûr, allusion au Chevalier des Epées qui gouverne les cinq Plans.

— Les Maîtres de l'Epée ! Mais ils n'existent pas ! Ce n'est qu'une antique superstition des Vadhaghs et des Nhadraghs.

— Les Maîtres de l'Epée existent bien, maître Corum. Vous êtes redevable de vos malheurs à l'un d'eux au moins. C'est le Chevalier des Epées qui a décidé de laisser les Mabdens se développer et détruire les races anciennes.

— Pourquoi ?

— Parce que vous étiez ennuyeux. Cela se

comprend. Le monde est devenu plus intéressant, vous en conviendrez sûrement ?

— Le chaos et la destruction sont donc " intéressants " ? » Corum eut un geste d'impatience. « Je croyais que vous aviez dépassé ces idées infantiles ? »

Shool-an-Jyvan sourit. « Peut-être. Mais le Chevalier des Epées les a-t-il dépassées ?

— Vous ne parlez pas clairement, Prince Shool.

— Exact. Un défaut dont je ne peux pas me défaire. Mais cela donne parfois de l'animation à une terne conversation.

— Si notre entretien vous ennuie, rendez-moi Rhalina et nous partirons. »

Shool sourit de nouveau. « Il est en mon pouvoir de vous ramener Rhalina et de vous libérer. C'est pourquoi j'ai permis à maître Moidel de répondre à son évocation. J'avais envie de vous connaître, maître Corum.

— Vous ne saviez pas que je viendrais.

— Je l'estimais probable.

— Pourquoi vouliez-vous me rencontrer ?

— J'ai une offre à vous faire. Au cas où vous refuseriez mon présent, j'ai jugé avisé d'avoir maîtresse Rhalina sous la main.

— Et pourquoi refuserais-je un présent ? »

Shool haussa les épaules. « Il arrive que l'on refuse mes présents. Les gens sont soupçonneux à mon endroit. La nature de ma vocation les indispose. Peu de gens ont un mot aimable à l'égard d'un sorcier, maître Corum. »

Corum scruta la pénombre autour de lui. « Où est la porte ? Je vais chercher Rhalina moi-même. Je suis très las.

— C'est compréhensible. Vous avez beaucoup souffert. Vous pensiez que votre doux rêve était une réalité et que la réalité n'était qu'un rêve. Cela cause un choc. Il n'y a pas de porte. Je n'en ai pas besoin. Ne voulez-vous pas m'écouter jusqu'au bout ?

— Si vous vous exprimez de façon moins elliptique, d'accord.

— Vous faites un piètre invité, Vadhagh. Je croyais votre race courtoise.

— Je ne la représente plus guère.

— Dommage que le dernier d'une race n'en présente pas toutes les vertus typiques. J'espère toutefois me montrer meilleur hôte et je vais accéder à votre demande. Je ne suis pas un Mabden et je n'appartiens pas à ce que vous appelez les races anciennes. Je suis venu avant vous. Je descends d'une race qui avait commencé à dégénérer. Je ne voulais pas dégénérer, aussi me suis-je attaché à découvrir des moyens scientifiques pour conserver à mon esprit toutes ses connaissances. Je les ai trouvés, comme vous le constatez. Je suis en essence un pur esprit. Je peux me transférer, au prix d'un certain effort, d'un corps dans un autre, ce qui me rend immortel. On a tenté de m'anéantir depuis des milliers d'années, mais on n'y a jamais réussi. Cela aurait impliqué la destruction de trop de choses. En conséquence, on m'a laissé dans l'ensemble mener mon existence et mes expériences. J'ai grandi en savoir. Je contrôle à la fois la Vie et la Mort. Je peux tuer et redonner la vie. Je peux, si je le souhaite, conférer l'immortalité à d'autres êtres. Par mon esprit et par mon art, je suis devenu en bref un dieu. Peut-être pas encore le plus puissant des dieux... mais cela viendra. Maintenant, vous comprendrez que les dieux qui ont simplement *surgi* à l'existence, qui ne sont que le résultat de quelque caprice cosmique, aient du ressentiment envers moi. » Il étala les mains. « Ils refusent de reconnaître ma divinité. Ils sont jaloux. Ils aimeraient se débarrasser de moi car je nuis à leur estime d'eux-mêmes. Le Chevalier des Epées est mon ennemi. Il souhaite ma mort. Vous voyez donc que nous avons beaucoup de choses en commun, maître Corum.

— Je ne suis pas un " dieu ", Prince Shool. Et

même, jusqu'à une date récente, je ne croyais nullement aux dieux.

— Le fait est que vous n'êtes pas un dieu, cela se voit à votre bêtise. Ce n'était pas ce que je voulais dire. J'entendais ceci : nous sommes l'un et l'autre les derniers représentants de races que, pour des raisons à eux, les Maîtres de l'Epée ont décidé d'éliminer. Nous sommes tous les deux à leurs yeux des anachronismes qu'il faut supprimer. Tout comme ils ont remplacé mon peuple par les Vadhaghs et les Nhadraghs, de même ils remplacent les Vadhaghs et les Nhadraghs par les Mabdens. Une dégénération similaire à celle de mon peuple est intervenue pour votre race... Pardonnez-moi de vous associer aux Nhadraghs. Comme moi, vous tentez de résister à ce processus, de lutter... J'ai choisi la science... vous avez choisi l'épée. Je vous laisse le soin de décider qui a fait le meilleur choix...

— Vous me semblez un peu mesquin pour un dieu », fit Corum, perdant patience.

« Je suis un dieu mesquin pour le moment. Vous me verrez grand seigneur et indulgent lorsque j'aurai atteint la situation de dieu supérieur. Mais laissez-moi poursuivre, maître Corum ! Ne voyez-vous pas que jusqu'à présent j'ai agi en vertu d'un sentiment de camaraderie envers vous ?

— Rien de ce que vous avez fait jusqu'à présent n'indique l'amitié.

— J'ai parlé de camaraderie, pas d'amitié. Je vous assure, maître Corum, que je pourrais vous anéantir en un instant... et votre Dame du même coup.

— Je serais plus patient si vous l'aviez libérée de cet affreux marché qu'elle a conclu et si vous la faisiez venir ici pour que je sache par moi-même qu'elle est encore vivante et que l'on peut la sauver.

— Vous devez vous fier à ma parole.

— Alors, détruisez-moi. »

Le Prince Shool se leva. Ses gestes trahissaient

l'irritation d'un homme très vieux. Cela n'allait pas avec son corps de tout jeune homme et cette vision en devenait obscène.

« Vous devriez manifester plus de respect envers moi, maître Corum.

— Du respect, pourquoi ? Je vous ai seulement vu exécuter quelques tours et entendu prononcer un long discours pompeux.

— J'ai beaucoup à vous offrir, je vous avertis. Soyez donc plus courtois envers moi.

— Que m'offrez-vous donc ? »

Les prunelles du Prince Shool s'étrécirent.

« Je vous offre votre vie. Je pourrais vous l'ôter.

— Vous l'avez déjà dit.

— Je vous offre une nouvelle main, un nouvel œil. »

Corum dut trahir son intérêt soudain car l'autre gloussa.

« Je vous offre le retour de cette femelle mabden pour laquelle vous éprouvez une affection perverse. » Le Prince Shool leva la main. « Bon, bon, mes excuses. A chacun son plaisir ! Je vous offre encore la chance de vous venger de celui qui est cause de vos maux...

— Glandyth-a-Krae ?

— Non, non, non ! Le Chevalier des Epées ! Le Chevalier des Epées ! Celui qui a permis, au début, aux Mabdens de s'implanter sur notre Plan !

— Et Glandyth ? J'ai juré sa mort.

— Et vous m'accusez de mesquinerie ! Mais vos ambitions sont minuscules ! Avec les pouvoirs que je vous offre, vous pourrez éliminer autant de Comtes mabdens que vous voudrez !

— Continuez...

— Que je continue ? Que je continue ? Ne vous ai-je pas déjà offert assez ?

— Mais sans me dire comment vous envisagez de transformer en réalité tout ce vent.

— Vous êtes insultant. Les Mabdens me craignent ! Les Mabdens tremblent de panique quand je me manifeste. Certains meurent de terreur quand mes pouvoirs s'exercent !

— J'ai déjà vu trop d'horreurs.

— Cela ne devrait rien changer à l'affaire. Ce qui ne vous convient pas, c'est que ce sont des horreurs mabdens. Vous êtes associé à des Mabdens, mais vous restez Vadhagh. Les sombres rêves des Mabdens vous effraient moins que les Mabdens eux-mêmes. Si vous étiez Mabden, j'aurais moins de mal à vous convaincre...

— Mais vous ne pourriez pas employer un Mabden pour la tâche que vous envisagez, n'est-ce pas ? » fit sombrement Corum.

« Votre cerveau fonctionne mieux. C'est l'exacte vérité. Aucun Mabden ne survivrait à ce que vous devrez surmonter. Et je ne suis même pas certain qu'un Vadhagh...

— Et cette tâche ?

— Voler quelque chose dont j'ai besoin pour pousser mes ambitions...

— Ne pouvez-vous le voler vous-même ?

— Bien sûr que non ! Comment abandonner mon île ? C'est alors que l'on me supprimerait très certainement.

— Qui vous supprimerait ?

— Mes rivaux, naturellement... les Maîtres de l'Epée et les autres ! Je ne continue à vivre qu'au prix d'une protection que j'assure par toutes sortes de sortilèges et d'enchantements qu'ils auraient cependant bien les moyens d'annihiler, ce qu'ils ne font pas parce qu'ils craignent les conséquences. Rompre mes enchantements pourrait entraîner la dissolution même des quinze Plans... et l'extinction des Maîtres de l'Epée du même coup. Non, il faut que vous exécutiez ce vol à ma place. Personne d'autre sur ce Plan n'en aurait le courage... ni un motif valable. Car, si vous réussissez, je vous restituerai Rhalina. Et, si vous le désirez encore,

129

Le chevalier des Épées. 5.

vous aurez le pouvoir de prendre votre revanche sur Glandyth-a-Krae. Mais, je vous le répète, celui à qui incombe vraiment le blâme pour l'existence de Glandyth, c'est le Chevalier des Epées et, en lui volant cette chose, vous vous trouverez amplement vengé.

— Que dois-je dérober ? »

Shool gloussa :

« Son cœur, maître Corum...

— Vous voulez que je tue un dieu pour lui prendre son cœur ?

— Il est visible que vous ne savez rien des dieux. Si vous tuiez le Chevalier, les conséquences seraient inimaginables. Il n'a pas son cœur dans la poitrine. Il le garde mieux que cela. Son cœur est conservé sur ce Plan-ci. Son cerveau sur un autre... et ainsi de suite. Ce qui le protège efficacement, vous me suivez ? »

Corum poussa un soupir. « Vous me l'expliquerez plus en détail une autre fois. Pour le moment, libérez Rhalina de ce vaisseau et j'essaierai de faire ce que vous me demandez.

— Vous êtes excessivement obstiné, maître Corum !

— Si je suis seul à pouvoir favoriser vos ambitions, Prince Shool, je peux me permettre l'obstination. »

Les jeunes lèvres ébauchèrent un grognement de Mabden. « Je suis heureux que vous ne soyez pas immortel, maître Corum. Votre arrogance ne m'importunera que durant quelques centaines d'années au plus. Très bien. Je vais vous montrer Rhalina. Vous prouver qu'elle est en sûreté. Mais je ne la libérerai pas. Je la garderai ici et je vous la remettrai quand vous m'apporterez le cœur du Chevalier des Épées.

— De quelle utilité vous sera ce cœur ?

— Il me donnera une position de marchandage avantageuse.

— Vous avez peut-être les ambitions d'un dieu, maître Shool, mais vos méthodes sont celles d'un marchand ambulant.

— *Prince* Shool. Vos insultes ne m'atteignent pas, et maintenant... »

Shool disparut derrière un nuage de fumée d'un vert laiteux, surgi de nulle part. Une vision s'ébaucha dans la fumée. Le navire des morts, puis la cabine. Il vit le cadavre du Margrave en train d'étreindre la chair vivante de son épouse, Rhalina. Et Corum vit que Rhalina poussait des cris d'horreur, mais qu'elle était incapable de résister.

« Vous disiez qu'elle ne subirait aucun mal! Shool! Vous disiez qu'elle serait en sûreté!

— C'est être en sûreté... que de se trouver dans les bras d'un mari aimant », fit une voix offensée, venue de nulle part.

« Libérez-la, Shool! »

La vision disparut. Rhalina se tenait pantelante et terrifiée dans la chambre sans porte. « Corum? »

Il courut à elle et la serra contre lui, mais elle recula en frissonnant. « Est-ce Corum? Etes-vous un fantôme? J'ai conclu un marché pour sauver Corum...

— Je suis Corum. A mon tour, j'ai passé marché pour vous sauver, Rhalina.

— Je n'avais pas pensé que ce serait si atroce. Je n'avais pas compris les clauses... Il allait me...

— Même les morts ont leurs petits plaisirs, maîtresse Rhalina. » Une créature anthropoïde vêtue d'un justaucorps et de chausses verts se dressait derrière eux. L'être remarqua avec joie la stupéfaction de Corum. « J'ai plusieurs corps à ma disposition. Celui-ci était un ancêtre des Nhadraghs, je crois.

— Qui est-ce, Corum? » demanda Rhalina en se rapprochant de lui, et il put cette fois la garder dans ses bras. Elle tremblait de tout son corps. Elle avait la peau curieusement humide.

131

« C'est Shool-an-Jyvan. Il se prétend dieu. Il s'est arrangé pour que vous obteniez réponse à votre évocation. Il m'a suggéré d'accomplir une tâche pour lui et, en retour, il vous permettra de vivre en toute sécurité jusqu'à ma venue. Ensuite, nous partirons ensemble.

— Pourquoi a-t-il...

— Ce n'est pas vous que je voulais, mais votre amant », dit Shool d'un ton impatient. « Maintenant que j'ai rompu ma promesse envers votre mari, j'ai perdu tout pouvoir sur lui ! C'est contrariant !

— Vous avez perdu votre pouvoir sur Moidel, le Margrave ? » s'enquit Rhalina.

« Oui, oui. Il est complètement mort. Il faudrait beaucoup trop d'efforts pour le faire revivre.

— Je vous remercie de l'avoir libéré », dit Rhalina.

« Ce n'était pas mon idée. C'est maître Corum qui me l'a imposé. » Le Prince Shool soupira. « Il y a cependant des tas de cadavres dans la mer. J'imagine que je trouverai bien un autre vaisseau. »

Rhalina s'évanouit. Corum la soutint de la main.

« Vous voyez combien les Mabdens me craignent », fit Shool, triomphant.

« Il va nous falloir à manger, des vêtements propres, des lits, tout le nécessaire », dit Corum, « avant que je reprenne toute discussion avec vous. »

Shool disparut.

L'instant d'après, la pièce était meublée, et garnie de tout ce que désirait Corum.

Celui-ci ne pouvait plus douter des pouvoirs du sorcier, mais il doutait de sa santé mentale. Il déshabilla Rhalina, la lava et la mit au lit. Elle revint alors à elle, les yeux encore pleins de frayeur, mais elle sourit à Corum. « Vous êtes en sûreté maintenant », dit-il. « Dormez ! »

Elle dormit.

Corum se baigna et examina les vêtements préparés pour lui. Il pinça les lèvres en les ramassant et inspecta les armes et l'armure également fournies. C'étaient des vêtements vadhaghs. Il y avait même une robe écarlate, qui devait être la sienne propre.

Il se mit à envisager les incidences possibles de son alliance avec l'étrange et amoral sorcier de Svi-an-Fanla-Brool.

2

L'ŒIL DE RHYNN
ET LA MAIN DE KWLL

CORUM s'était endormi.

Il se trouva soudain debout. Il ouvrit les yeux.

« Soyez le bienvenu dans ma petite boutique ! » La voix de Shool venait de derrière lui. Il se retourna. Cette fois, il se trouvait devant une belle fille d'une quinzaine d'années. Le gloussement qui s'échappait de sa gorge avait une teinte d'obscénité.

Corum inspecta la vaste pièce. Elle était sombre et encombrée. Une quantité de plantes et d'animaux empaillés. Des livres et des manuscrits en équilibre sur des rayonnages boiteux. Des cristaux de couleurs et de tailles inaccoutumées, des parties d'armures, des épées ornées de joyaux, des sacs pourrissants d'où se répandaient des trésors et d'autres substances sans nom. Des peintures et des statuettes, des instruments divers parmi lesquels des balances et des horloges aux divisions excentriques marquées de caractères inconnus de Corum. Des créatures vivantes trottinaient parmi tout cela ou lançaient de petits cris dans les coins. L'endroit sentait la poussière, la moisissure et la mort.

« Vous ne devez pas avoir beaucoup de clients, j'imagine », observa Corum.

Shool renifla. « Il n'y en a pas beaucoup que j'aie envie de servir. Voyons... » Sous son apparence de jeune fille, il s'approcha d'un coffre couvert de peaux luisantes de bêtes qui, vivantes, avaient dû être grandes et féroces. Il repoussa les peaux et prononça des paroles au-dessus du coffre. Le couvercle se leva tout seul. Un nuage noir monta de l'intérieur et Shool recula d'un ou deux pas en agitant les mains et en criant sur le mode aigu dans une langue inconnue. Le nuage noir se dissipa. Shool retourna précautionneusement près du coffre pour regarder à l'intérieur. Il fit claquer sa langue de satisfaction. « Nous y voici ! »

Il en tira deux sacs, l'un plus petit que l'autre. Il les leva en l'air en souriant à Corum. « Vos présents.

— Je croyais que vous alliez me rendre ma main et mon œil.

— Pas exactement vous " rendre ". Je vais faire beaucoup mieux. Avez-vous entendu parler des Dieux Perdus ?

— Non.

— Les Dieux Perdus, qui étaient frères ? Ils s'appelaient Lord Rhynn et Lord Kwll. Ils existaient avant même que j'honore l'univers de ma présence. Ils se sont engagés dans un combat obscur maintenant oublié. Ils ont disparu, volontairement ou non, je n'en sais rien. Mais ils ont laissé un peu d'eux-mêmes derrière eux. » Il leva de nouveau les sacs. « Ceci. »

Corum eut un geste d'impatience.

Shool tira sa langue de fille et humecta ses lèvres de fille. Ses yeux anciens étincelèrent. « Les présents que voici appartenaient autrefois à ces deux guerriers. La légende veut qu'ils aient lutté à mort et il ne reste que ceci pour attester qu'ils aient existé. » Il ouvrit le petit sac. Un objet orné de pierreries tomba dans sa paume. Il le tendit à Corum pour le lui montrer. Il y avait des pierres à facettes. Les joyaux brillaient, dans les rouges, les bleus et les noirs profonds.

« C'est beau, mais je... » commença Corum.

« Attendez ! » Shool vida le grand sac sur le

couvercle du coffre, qu'il avait refermé. Il ramassa un second objet et le présenta.

Corum eut le souffle coupé. Cela ressemblait à un gantelet, avec la place prévue pour cinq doigts, plus le pouce — couvert lui aussi de pierreries sombres, inconnues.

« Ce gantelet me serait tout à fait inutile », dit Corum. « Il est prévu pour une main gauche à six doigts. Je n'ai que cinq doigts et pas de main gauche.

— Ce n'est pas un gantelet. C'est la Main de Kwll. Il en avait quatre, mais il en a perdu une. Tranchée par son frère, si je ne me trompe pas...

— Vos plaisanteries ne sont pas de mon goût, sorcier. Elles sont trop macabres. Vous gaspillez votre temps, une fois de plus.

— Vous feriez mieux de vous habituer à mes plaisanteries, comme vous dites, messire Vadhagh.

— Je n'en vois pas la raison.

— Ce sont mes présents. Pour remplacer votre œil... je vous offre l'Œil de Rhynn. Pour remplacer votre main... la Main de Kwll ! »

La bouche de Corum se tordit sur une nausée. « Je n'en veux nullement ! Je ne veux pas ces parties du corps d'êtres morts ! Je pensais que vous m'auriez rendu les miennes ! Vous m'avez trompé, sorcier !

— Ridicule ! Vous ne connaissez pas les propriétés de ces objets. Ils vous conféreront des pouvoirs plus vastes que n'en ont jamais connus votre race ou les Mabdens ! L'Œil voit dans des secteurs du temps et de l'espace jamais observés auparavant par un mortel. Et la Main... la Main peut réclamer assistance de ces mêmes secteurs. Vous ne pensiez pas que j'allais vous envoyer dans le repaire du Chevalier des Epées sans une aide surnaturelle, non ?

— Quelle est l'étendue de ces pouvoirs ? »

Shool haussa ses épaules de jeune fille. « Je n'ai pas eu l'occasion de les mettre à l'épreuve.

— Alors, il est risqué de les utiliser ?

— Pourquoi donc ? »

Corum devint pensif. Devait-il accepter les cadeaux répugnants de Shool, avec toutes les conséquences possibles, pour continuer à vivre, tuer Glandyth et sauver Rhalina ? Ou devait-il se préparer à mourir dès maintenant et considérer l'affaire comme terminée ?

Shool reprit : « Songez au savoir que vous apporteront ces présents. Pensez à tout ce que vous verrez au cours de vos pérégrinations. Aucun mortel n'a jamais pénétré dans les domaines du Chevalier des Epées jusqu'à présent ! Vous pouvez augmenter considérablement vos connaissances, maître Corum. Et rappelez-vous... c'est le Chevalier qui, en fin de compte, est responsable de votre destin et de la disparition de votre peuple... »

Corum inspira profondément l'air confiné. Il prit sa décision.

« Très bien, j'accepte vos dons.

— J'en suis honoré », fit Shool, sardonique. Il pointa le doigt vers Corum, qui recula, tomba sur un tas d'ossements et tenta de se relever. Mais il se sentait engourdi. « Continuez à dormir, maître Corum », dit Shool.

Il était de retour dans la salle où il avait rencontré Shool la première fois. Une douleur farouche lancinait son orbite aveugle. Une peine atroce tenaillait le moignon de son poignet gauche. Il se sentait vidé d'énergie. Il voulut regarder autour de lui, mais sa vision restait embrouillée.

Il entendit un cri. C'était Rhalina.

« Rhalina ! Où êtes-vous ?

— Je... je suis ici... Corum. Que vous a-t-on fait ? Votre visage... votre main... »

De la main droite, il toucha son orbite aveugle. Quelque chose de tiède roula sous ses doigts. Un œil ! Mais c'était un œil d'une nature et de dimensions inconnues. Il comprit que c'était l'Œil de Rhynn. Sa vision se fit plus claire.

Il constata l'expression horrifiée de Rhalina. Elle était assise sur le lit, le dos rigide.

Il baissa le regard sur sa main gauche. Elle avait les mêmes proportions que l'autre, mais elle avait six doigts, et la peau ressemblait à celle d'un serpent orné de joyaux.

Il chancela en s'efforçant de s'adapter à la réalité de ce qui lui arrivait. « Ce sont les cadeaux de Shool », murmura-t-il, comme un idiot. « L'Œil de Rhynn et la Main de Kwll, des dieux, les Dieux Perdus, prétend Shool. Maintenant, je suis de nouveau au complet, Rhalina.

— Au complet ? Vous êtes à la fois plus et moins que complet, Corum. Pourquoi avez-vous accepté ces présents terribles ? Ils sont néfastes. Ils seront votre fin !

— Je les ai pris pour être en mesure d'accomplir la tâche que m'impose Shool et reconquérir ainsi notre liberté à tous les deux. Je les ai acceptés pour rechercher Glandyth et, si possible, l'étrangler de cette main étrangère. Je les ai acceptés enfin parce que, si j'avais refusé, je serais déjà mort.

— Peut-être aurait-il mieux valu que nous périssions tous les deux », dit-elle à voix basse.

3

AU-DELÀ DES QUINZE PLANS

« Quelle puissance que la mienne, maître Corum ! J'ai fait de moi un dieu et de vous un demi-dieu ! Nous passerons bientôt dans la légende.

— Vous êtes déjà dans la légende. » Corum fit face à Shool, apparu dans la pièce sous l'aspect d'une créature du genre ours, vêtu d'un pantalon à carreaux écossais et coiffé d'un casque au panache compliqué. « Et d'ailleurs, les Vadhaghs aussi.

— Nous aurons bientôt notre propre cycle héroïque, maître Corum. Voilà ce que je voulais dire. Comment vous sentez-vous ?

— Encore des douleurs au poignet et à la tête.

— Mais pas de trace de suture, hein ? Je suis un maître chirurgien ! La greffe est parfaite et n'a nécessité qu'un minimum d'incantations !

— Toutefois, je ne distingue rien par l'Œil de Rhynn », fit Corum. « Je ne suis pas certain qu'il fonctionne, sorcier. »

Shool frotta ses pattes de devant l'une contre l'autre. « Il faudra du temps à votre cerveau pour s'y accoutumer. Tenez, vous aurez également besoin de ceci. » Il montra un objet qui ressemblait à un écusson en miniature, orné de pierres et d'émaux, avec un lacet. « C'est à placer sur votre nouvel œil.

— Et me rendre de nouveau aveugle !

— Voyons, vous ne tenez pas à toujours plonger

le regard dans ces mondes au-delà des Quinze Plans, n'est-ce pas ?

— Vous voulez dire que l'œil ne voit que là-bas ?

— Non, il perçoit ici également, mais pas toujours selon le même genre de perspective. »

Corum le regarda d'un air soupçonneux. Il cligna les paupières. Soudain, par son œil neuf, lui parvinrent de nombreuses images nouvelles, alors que Shool restait visible par son œil habituel. C'étaient des images sombres et mouvantes, puis une seule finit par prédominer.

« Shool ! Qu'est-ce que ce monde ?

— Je n'en suis pas sûr... Certains prétendent qu'il existe quinze Plans différents du nôtre, et qui n'en sont que le reflet déformé. Cela se pourrait, non ? »

Des choses bouillaient, bouillonnaient, apparaissaient et disparaissaient. Des créatures avançaient en rampant vers le premier plan de la scène, puis reculaient, toujours en rampant. Des bêtes inconnues s'enflaient démesurément, puis leur chair semblait se liquéfier et se reformer ensuite.

« Je suis heureux de ne pas appartenir à ce monde », murmura Corum. « Dites, Shool, passez-moi le bandeau ! »

Le sorcier le lui tendit et il l'appliqua sur son œil. Les scènes étranges disparurent et il ne vit plus que Shool et Rhalina... mais avec les deux yeux.

« Ah, oui ! je ne vous avais pas averti que si l'écusson vous protège des visions des autres mondes il vous laisse voir celui-ci !

— Qu'avez-vous vu, Corum ? » demanda Rhalina d'un ton calme.

Il secoua la tête. « Rien que je puisse décrire avec précision. »

Rhalina regarda Shool. « Je souhaiterais que vous repreniez vos présents, Prince Shool. Ces objets ne sont pas destinés aux mortels. »

Shool grimaça. « Ce n'est plus un mortel. Je vous l'ai dit, c'est un demi-dieu.

— Et qu'en penseront les dieux ?

— Eh bien, certains d'entre eux seront naturellement mécontents s'ils découvrent jamais le nouvel état de maître Corum. Cependant, je ne le crois pas probable. »

Rhalina déclara sombrement : « Vous parlez de ces questions avec trop de légèreté, sorcier. Si Corum ne saisit pas les incidences de ce que vous lui avez fait, moi, je les devine. Il est des lois auxquelles nous devons obéir, nous autres mortels. Vous les avez transgressées et vous en serez puni... Tout comme vos créatures le seront, pour être ensuite détruites ! »

Shool agita ses pattes d'ours pour chasser ces prédictions. « Vous oubliez qu'il me reste encore de grands pouvoirs. Je serai bientôt en mesure de défier tout dieu assez orgueilleux pour croiser le fer avec moi.

— C'est vous qui avez un orgueil insensé, et vous n'êtes vous-même qu'un mortel, sorcier », répliqua Rhalina.

« Taisez-vous, maîtresse Rhalina ! Taisez-vous, car je peux vous envoyer à un destin pire que celui auquel vous venez d'échapper ! Si maître Corum ne m'était pas si nécessaire, vous souffririez en ce moment même des tourments abominables. Surveillez votre langue ! Surveillez-la bien !

— Nous perdons encore du temps », intervint Corum. « Je désire remplir ma mission pour quitter ce lieu avec Rhalina. »

Shool se calma, se retourna et dit : « Vous êtes un sot de négliger tant de possibilités pour cette femme. Comme toutes ses semblables, elle craint le savoir, elle a peur de la profonde et noire connaissance qui confère la puissance.

— Parlons plutôt du cœur de ce Chevalier des Epées », coupa Corum. « Comment le volerai-je ?

— Venez », dit Shool.

141

Ils étaient dans un jardin où des fleurs monstrueuses dégageaient un parfum suave à faire perdre conscience, ou presque. Le soleil était rouge dans le ciel. Les feuilles des plantes étaient foncées, presque noires. Elles frémissaient.

Shool avait repris l'aspect d'un jouvenceau, en robe bleue flottante. Il menait Corum par un sentier.

« Il y a des milliers d'années que je cultive ce jardin. On y trouve des plantes curieuses. Comme il occupe presque toute la partie de l'île que ne couvre pas mon château, il a un rôle utile. C'est un endroit paisible pour se détendre, et il est difficile à des invités indésirables de s'y retrouver.

— Pourquoi appelle-t-on cette île le Foyer du Dieu Comblé ?

— Le nom est de moi... d'après l'être dont j'ai hérité. Un autre dieu vivait ici, et tous le craignaient. Comme je cherchais un coin sûr où poursuivre mes études, j'ai découvert l'île. Mais j'étais prévenu qu'un dieu terrible l'habitait et, naturellement, j'ai pris des précautions. Je ne possédais encore qu'une fraction de ma connaissance actuelle, n'ayant guère que quelques siècles d'âge, aussi savais-je que je n'avais pas les pouvoirs voulus pour annihiler un dieu. »

Une énorme orchidée se pencha pour caresser la nouvelle main de Corum, qui la retira.

« Alors, comment vous êtes-vous emparé de l'île ?

— J'avais entendu dire que le dieu dévorait les enfants. Les ancêtres de ceux que vous appelez Nhadraghs lui en sacrifiaient un par jour. J'avais beaucoup d'argent, aussi eus-je l'idée d'acheter une bonne quantité d'enfants et de les lui faire manger tous à la fois, pour voir ce qui se passerait.

— Et que s'est-il passé ?

— Il les a gobés et a sombré dans le sommeil de la satiété.

— Et vous êtes venu subrepticement le tuer !

— Pas du tout ! Je l'ai capturé. Il est toujours

dans un de mes cachots, quelque part, bien qu'il ne soit plus aussi magnifique qu'avant. Et j'ai ainsi hérité du palais. Ce n'était qu'un petit dieu, bien sûr, mais apparenté au Chevalier des Epées. Encore une des raisons pour lesquelles le Chevalier, pas plus que les autres, ne m'importune guère, car je détiens Pliproth prisonnier.

— Détruire votre île serait détruire du même coup leur frère ?

— Exactement.

— Et c'est une raison de plus pour m'employer à ce vol. Vous avez peur en vous absentant de leur fournir l'occasion de vous tuer.

— Peur ? Pas du tout. Mais j'use d'un certain degré de prudence. Voilà pourquoi je suis toujours en vie.

— Où est le cœur du Chevalier des Epées ?

— Il se trouve plus loin que le Récif des Mille Lieues, dont vous avez sans doute entendu parler.

— Je crois me souvenir d'une mention dans la vieille géographie. C'est vers le nord, n'est-ce pas ? » Corum déroula une liane qui s'accrochait à sa jambe.

« Oui.

— Est-ce là tout ce que vous pouvez me dire ?

— Plus loin que le Récif des Mille Lieues se trouve un lieu appelé Urde, parfois eau, parfois terre. Plus loin encore, c'est le désert de Dhroonhazat. Après le désert, ce sont les Terres de Flammes, où réside la Reine aveugle, Ooresé. Et, plus loin encore, c'est le Pays des Glaces, où errent les Briklings. »

Corum s'arrêta pour arracher une feuille qui se collait à sa joue. La chose paraissait avoir des lèvres minuscules, qui l'embrassaient. « Et après ? » fit-il, sardonique.

« Eh bien, après, ce sont les domaines du Chevalier des Epées.

— Ces terres étrangères... sur quel Plan sont-elles situées ?

— Sur les cinq où le Chevalier exerce son influence. Votre faculté de vous mouvoir à travers les Plans ne vous sera pas d'une grande utilité, je le regrette.

— Je ne suis pas certain d'avoir encore cette faculté. Si vous dites la vérité, c'est le Chevalier des Epées qui l'a ôtée progressivement aux Vadhaghs.

— Ne vous tourmentez pas, vous avez maintenant des dons d'une valeur égale. » Shool tapota la nouvelle main de Corum.

Cette main réagissait à présent comme toute autre. Par curiosité, Corum s'en servit pour soulever le bandeau endiamanté qui couvrait son œil divin. Il réprima un cri et remit le bandeau vivement en place.

« Qu'avez-vous vu ? » demanda Shool.

« Un lieu.

— C'est tout ?

— Un pays sur lequel brûlait un soleil noir. La lumière montait du sol, mais les rayons du soleil noir l'éteignaient presque. Quatre silhouettes se dressaient devant moi. J'ai aperçu leurs visages et... » Corum s'humecta les lèvres. « Je n'ai pas pu regarder plus longtemps.

— Nous sommes en contact avec tant de Plans », dit Shool. « Les horreurs qui existent et que nous n'apercevons que parfois... dans les rêves, par exemple. Toutefois, vous devez vous accoutumer à affronter ces visages ainsi que toute autre chose que vous découvrira votre nouvel œil, pour employer au maximum vos pouvoirs.

— Cela me trouble de savoir que ces Plans sombres et néfastes existent réellement et qu'autour de moi rôdent tant de monstres, seulement séparés de nous par quelque mince tissu astral.

— J'ai appris à vivre en sachant ces choses... et en

les utilisant. On s'accoutume à presque tout en quelques millénaires. »

Corum détacha une tige rampante qui s'enroulait à sa taille. « Vos plantes paraissent un peu trop amicales.

— Elles sont affectueuses. Ce sont mes seules vraies amies. Mais il est intéressant que vous leur plaisiez. J'ai tendance à juger les gens selon le comportement de mes plantes envers eux. Bien sûr, elles ont faim, les pauvres. Il faudra que je persuade un ou deux navires de toucher l'île bientôt. Il nous faut de la viande ! Tous ces préparatifs m'ont fait oublier mes devoirs quotidiens.

— Vous ne m'avez toujours pas précisé de quelle manière je trouverai le Chevalier des Epées.

— Vous avez raison. Le Chevalier vit dans un palais au sommet d'une montagne qui constitue le centre même de notre planète et des cinq Plans. C'est dans la plus haute tour de ce château qu'il garde son cœur. Il est bien gardé, je crois.

— Est-ce là tout ce que vous savez ? Vous ignorez en quoi consiste cette protection ?

— Je vous emploie, maître Corum, parce que vous avez un peu plus de cervelle, un rien d'adaptabilité de plus, une ombre d'imagination et de courage de plus que les Mabdens. Il vous appartiendra de découvrir la nature de cette protection. Mais vous pouvez compter sur une chose.

— Laquelle, maître Shool ?

— *Prince* Shool ! Vous pouvez compter qu'il ne s'attendra nullement à une attaque de la part d'un mortel tel que vous. Tout comme les Vadhaghs, les Maîtres de l'Epée tendent à la suffisance. Nous montons tous. Nous tombons tous. » Shool émit un rire bref. « Et les Plans continuent de tourner, hein ?

— Et quand vous aurez monté, ne tomberez-vous pas ?

— Sans aucun doute... dans quelques milliards d'années. Qui sait ? Je pourrais m'élever assez haut pour gouverner tous les mouvements de l'univers multiple. Je pourrais devenir le premier dieu omniscient et omnipotent. Oh! les jeux auxquels j'aurais loisir de me livrer!

— Nous ne cultivons guère le mysticisme chez les Vadhaghs », coupa Corum. « Mais je crois comprendre que tous les dieux sont omniscients et omnipotents.

— Seulement à des niveaux très limités. Certains dieux — par exemple le panthéon mabden, avec le Chien et l'Ours à Cornes — sont plus ou moins omniscients en ce qui concerne les affaires des Mabdens et peuvent, s'ils le désirent, diriger ces affaires dans une large mesure. Mais ils ne savent rien des miennes et encore moins de celles du Chevalier des Epées, qui est informé de la plupart des choses, mais non de ce qui se passe sur mon île bien protégée. Nous sommes à l'Age des dieux, maître Corum. Ils sont nombreux, petits et grands, à encombrer l'univers. Il n'en a pas toujours été ainsi. Je soupçonne même que l'univers se débrouille parfois sans aucun dieu!

— J'ai eu cette idée.

— Cela risque de se reproduire. C'est la pensée... » — Shool se frappa le crâne — « ... qui crée les dieux et les dieux qui créent la pensée. Il doit y avoir des périodes où la pensée (que je considère souvent comme surfaite) n'existe pas. Pensée ou absence de pensée, peu importe à l'univers, après tout. Mais si j'en avais le pouvoir... je *forcerais* l'univers à en tenir compte. » Il avait les yeux étincelants. « Je modifierais sa nature même! J'en changerais tous les aspects! Vous êtes bien avisé de me venir en aide, maître Corum. »

Celui-ci rejeta la tête en arrière lorsqu'une sorte de tulipe mauve gigantesque, nantie de dents, tenta de le mordre.

« J'en doute, Shool. Mais je n'ai pas le choix.

— Exact. Ou du moins un choix très limité. C'est

l'ambition de n'avoir plus à choisir qui me pousse, maître Corum.

— Oui », fit Corum, ironique. « Nous sommes tous mortels.

— Parlez pour vous, maître Corum ! »

TROISIÈME PARTIE

Où le Prince Corum accomplit à la fois l'impossible et l'inopportun

1

LE DIEU QUI MARCHE

Les adieux de Corum à Rhalina n'avaient pas été faciles. Une tension les dominait. Pas d'amour dans ses yeux quand il l'avait embrassée, seulement du souci pour lui, de la peur pour eux deux.

Il en avait été ému, mais il n'y pouvait rien.

Shool lui avait fourni un bateau de forme bizarre, et il était parti à la voile. Maintenant, la mer s'étalait dans toutes les directions. En se guidant sur une pierre d'aimant, Corum allait au nord, vers le Récif de Mille Lieues.

Il savait qu'en termes vadhaghs c'était pure folie. Mais il se jugeait assez sain d'esprit en termes mabdens. Et, après tout, le monde était devenu mabden. Il lui fallait apprendre à considérer comme normaux les désordres de ce monde s'il tenait à rester en vie. Et il avait de nombreuses raisons de vivre, dont Rhalina n'était pas la moindre. Il était le dernier des Vadhaghs, mais il n'arrivait pas à le croire. Les pouvoirs que détenaient les sorciers comme Shool pourraient peut-être devenir les instruments d'autres individus. Il était possible de modifier la nature du temps. Possible d'arrêter le cours des Plans sur leurs orbites, peut-être même de l'inverser. Les événements de l'année écoulée pourraient être changés, peut-être même effacés. Corum se proposait de vivre et, en vivant, d'apprendre.

S'il en apprenait assez, peut-être acquerrait-il une puissance suffisante pour satisfaire à ses ambitions et restituer un monde aux Vadhaghs et les Vadhaghs au monde.

Ce serait justice, songeait-il.

Le bateau était en métal battu et portait en relief de nombreux dessins asymétriques. Il en émanait une faible lueur qui apporterait à Corum durant la nuit à la fois lumière et chaleur, car le voyage serait long. Le mât unique avait une voile unique en brocart, enduite d'une substance étrange qui brillait aussi et qui s'orientait d'elle-même pour capter tous les vents. Corum était assis dans l'esquif, vêtu de sa robe écarlate, son attirail guerrier posé près de lui, son casque d'argent sur la tête, sa double cotte de mailles le couvrant du cou aux genoux. De temps à autre, il levait la pierre d'aimant au bout de son fil. La pierre avait la forme d'une flèche dont la pointe marquait toujours le nord.

Il songeait beaucoup à son amour pour Rhalina. Jamais tel amour n'avait existé entre un Vadhagh et une Mabden. Ses propres parents auraient qualifié de dégénérescents ses sentiments pour Rhalina — de même qu'un Mabden eût jugé répugnant l'amour d'un homme pour une jument — mais il avait été attiré vers elle plus que vers n'importe quelle Vadhagh, et il la savait aussi intelligente que lui. C'étaient ses humeurs qu'il avait du mal à comprendre, ses appréhensions du destin, ses superstitions.

Cependant Rhalina connaissait ce monde mieux que lui. Ses pensées étaient peut-être fondées. Il n'avait pas fini de prendre des leçons.

La troisième nuit, Corum dormit, sa nouvelle main posée sur la barre, et au matin le soleil brillant l'éveilla en lui frappant les yeux.

Devant lui s'étendait le Récif de Mille Lieues. D'un bout à l'autre de l'horizon. Et il ne semblait pas y avoir de brèche dans la barrière de roches aiguës qui se dressaient au-dessus de la mer écumante.

Shool l'avait averti que bien peu d'individus avaient trouvé passage entre les récifs ; maintenant, il comprenait pourquoi. La barrière était sans faille. Elle ne paraissait pas du tout naturelle. On eût plutôt cru que quelque entité l'avait posée là comme un bastion contre les intrus. Le Chevalier des Epées en avait peut-être été le constructeur.

Corum décida de longer le récif vers l'est dans l'espoir de découvrir un point d'accostage d'où il parviendrait peut-être à traîner l'esquif jusqu'aux eaux libres de l'autre côté des brisants.

Il voyagea ainsi durant quatre jours encore, sans dormir, sans trouver de passage, ni de point de débarquement.

Une légère brume teintée de rose par le soleil couvrait maintenant les eaux de toutes parts et Corum se tenait à l'écart des récifs au moyen de sa pierre d'aimant, l'oreille tendue pour percevoir le bruit des flots sur les rocs. Il prit ses cartes, tatouées sur parchemin, pour tenter de déterminer sa position. Les cartes étaient primitives et probablement inexactes, mais Shool n'en avait pas trouvé de meilleures. Corum approchait d'un étroit chenal entre le récif et une terre appelée Khoolocrah sur la carte. Shool ne lui avait guère fourni de renseignements sur ce pays, sinon qu'il devait être habité par une race que l'on nommait les Rhaga-da-Khetas.

A la lueur de la lampe du bateau, il examinait les cartes, dans l'espoir d'y découvrir l'indication d'un chenal. Mais il n'y avait rien.

L'esquif se mit soudain à se balancer fortement et Corum jeta un coup d'œil circulaire pour chercher l'origine de ce remous. Au loin, les vagues tonnaient en se brisant, mais il perçut un son différent vers le sud, et il scruta le lointain.

C'était un bruit régulier, un froissement, des éclaboussures, comme en produit un homme traversant un cours d'eau à gué. Etait-ce quelque bête marine ? Les Mabdens semblaient craindre bien des monstres de cette espèce. Corum se cramponnait désespérément au bordé des deux côtés, tout en s'efforçant de maintenir la barque loin des rocs, mais les vagues devenaient de plus en plus tumultueuses.

Et le bruit se rapprochait.

Corum prit sa longue et forte épée et se tint prêt.

Il distingua alors une masse mouvante à travers la brume. Une forme élevée, massive... la silhouette d'un homme. Et l'homme traînait quelque chose. Un filet de pêche ! Les eaux étaient-elles donc si peu profondes ? Corum se pencha pour enfoncer sa lame dans la mer, pointe en bas. Il ne toucha pas le fond. Il entrevoyait le fond de la mer loin au-dessous de lui. Il reporta les yeux sur la silhouette. Il se rendit compte que sa vue et la brume lui avaient joué un tour. L'homme était encore à bonne distance et il était gigantesque... bien plus colossal que le Géant de Laahr. C'était lui qui soulevait de si grosses vagues, lui qui faisait danser follement la barque.

Il était sur le point de lancer un appel, pour prier l'énorme créature de s'éloigner de peur que le bateau ne chavire, mais il se contint. Cette catégorie d'êtres avait moins de bonté envers les mortels que le Géant de Laahr, contait-on.

Puis le géant, toujours pêchant et enveloppé de brume, changea de direction. Il était maintenant derrière la barque et continuait d'avancer en tirant ses filets.

Le remous consécutif à son mouvement expédia le bateau au large du récif, presque plein est ; et Corum n'avait aucun moyen d'arrêter sa course. Il se débattit avec la voile et la barre, mais elles n'obéissaient plus. L'impression d'être emporté par un fleuve se précipitant dans un gouffre. Le géant avait déclenché un courant irrésistible.

Rien à faire que de se laisser porter où la barque le voudrait. Il y avait longtemps que le géant avait disparu dans la brume, se dirigeant vers le Récif de Mille Lieues, sur lequel il vivait peut-être.

Tel un requin se précipitant sur une proie, l'esquif paraissait voler et, soudain, il jaillit de la brume en plein éclat solaire.

Corum vit une côte. Des falaises qui fonçaient sur lui.

2

TEMGOL-LEP

Il s'efforçait de détourner le bateau de sa route, tenant la barre de sa main à six doigts et la voile de sa droite.

Un bruit d'écrasement. Le bateau de métal frémit et commença à chavirer. Corum empoigna ses armes juste avant d'être jeté par-dessus bord et emporté par le flot. L'eau lui emplit la bouche et il crut étouffer. Son corps frotta sur des galets et il tenta de se mettre debout tandis que la vague refluait. Il vit une roche et s'y cramponna, lâchant son arc et son carquois, qui furent instantanément engloutis.

Le flot recula. Il regarda en arrière et vit que la barque renversée avait disparu du même coup. Il lâcha la roche, se releva, boucla son ceinturon et redressa son casque. L'appréhension de l'échec grandissait peu à peu en lui.

Il fit quelques pas en remontant vers la plage et s'assit au pied de la haute falaise noire. Il était naufragé sur une côte inconnue, son bateau avait disparu et son but se trouvait à présent de l'autre côté de l'océan.

Pour le moment, Corum était détaché. Toutes ses pensées d'amour, de haine et de vengeance s'étaient dissipées. Il sentait qu'il les avait laissées dans le monde de rêve de Svi-an-Fanla-Brool. Tout ce qui lui restait de ce monde, c'était la Main à six doigts et l'Œil endiamanté.

Au souvenir de l'Œil et de ce qu'il avait vu, il eut un frisson. Il leva la main pour toucher le bandeau protecteur.

Il comprit alors qu'en acceptant les présents de Shool il avait du même coup accepté la logique de son monde. Il ne pouvait plus y échapper.

Avec un soupir, il se leva pour examiner la falaise. Impossible de l'escalader. Il se mit en marche sur le galet gris, en quête d'un endroit qui lui permettrait de grimper en haut de la muraille et d'étudier le pays où il se trouvait.

Il mit sur sa main un gantelet donné par Shool. Il se rappelait ce que le sorcier lui avait raconté des pouvoirs de la Main. Il n'y croyait qu'à demi et répugnait à mettre à l'épreuve la véracité des dires de Shool.

Durant plus d'une heure il longea la falaise, puis il contourna un promontoire et découvrit une baie où la côte s'abaissait en une pente facile à grimper. La marée commençait à remonter et inonderait bientôt la plage. Il entreprit l'ascension de la côte et vit la cité.

Une ville de dômes et de minarets blancs étincelant au soleil. En regardant mieux, Corum constata que les tours et les dômes n'étaient pas blancs, mais composés d'une mosaïque multicolore. Il n'avait jamais rien vu de semblable.

Il se demandait s'il fallait éviter la ville ou s'y rendre. Si les habitants étaient sympathiques, peut-être l'aideraient-ils à trouver un autre bateau. Si c'étaient des Mabdens, ils seraient probablement hostiles.

Etait-ce le peuple des Rhaga-da-Khetas mentionné sur la carte ? Il se tâta pour trouver sa bourse, mais la carte avait disparu avec la barque, ainsi que la pierre d'aimant. Le désespoir le reprit.

Il partit vers la cité.

Corum avait parcouru moins de deux kilomètres quand la bizarre cavalerie arriva vers lui au galop... des guerriers montés sur des bêtes à la robe mouchetée, au long cou, avec des cornes recourbées et des caroncules comme en ont les lézards. Leurs minces pattes se mouvaient rapidement et bientôt Corum put observer que les cavaliers étaient également très grands, et minces à l'extrême, avec de petites têtes rondes et des yeux ronds. Ce n'étaient pas des Mabdens, jamais il n'avait entendu parler de cette race.

Il s'immobilisa et attendit. Rien d'autre à faire avant de savoir s'ils étaient hostiles ou non.

Ils l'encerclèrent en un instant, l'examinant de leurs grands yeux fixes. Leurs nez et leurs bouches étaient également ronds, leurs visages reflétaient une surprise permanente.

« Olanja ko ? » fit l'un d'eux, qui portait un manteau avec un capuchon de plumes brillantes et tenait une massue sculptée en forme de serre d'oiseau gigantesque. « Olanja ko, drajer ? »

Corum répondit dans la langue vulgaire des Mabdens — bas langage des Vadhaghs et des Nhadraghs : « Je ne comprends pas. »

La créature au manteau de plumes pencha la tête de côté et ferma la bouche. Les autres guerriers, vêtus et armés comme lui, mais moins richement, murmuraient entre eux.

Corum désigna le Sud. « Je viens de l'autre côté de la mer. » Il employait à présent la langue moyenne que parlaient les Vadhaghs et les Nhadraghs, mais non les Mabdens.

Le cavalier se pencha comme si ces sons lui eussent été plus connus, mais il secoua la tête. Il n'avait pas compris un mot. « Olanja ko ? »

Corum secoua la tête à son tour. Le guerrier parut

intrigué et se gratta délicatement la joue. Corum ne sut pas comment interpréter ce geste.

Le chef désigna un de ses hommes : « Mor naffa ! » L'homme mit pied à terre et agita un de ses bras squelettiques vers Corum, lui indiquant de monter en selle sur la bête au long cou.

Corum eut du mal à se hisser sur la selle étroite et, une fois perché, se sentit très mal à l'aise.

« Hoj ! » Le chef fit signe à ses hommes et dirigea sa monture vers la ville. « Hoj — ala ! »

Les animaux prirent le trot, laissant le dernier guerrier rentrer à pied.

La ville était ceinte d'une muraille élevée, ornée de nombreux dessins géométriques en une infinité de couleurs. Ils y pénétrèrent par une porte étroite et haute, franchirent une succession de murs qui devaient constituer un labyrinthe assez simple, puis chevauchèrent sur une large avenue bordée d'arbres en fleurs dans la direction d'un palais sis au centre de la cité.

Parvenus aux grilles du palais, tous mirent pied à terre, et des domestiques, aussi grands et émaciés que les guerriers, avec les mêmes visages ronds et étonnés, se chargèrent des bêtes. On fit entrer Corum, qui dut monter un escalier de plus de cent marches pour aboutir à une enclave. Les dessins ornant les murs du palais étaient moins hauts en couleur mais plus compliqués que ceux des remparts extérieurs. On y remarquait surtout l'or, le blanc et le bleu pâle. Bien qu'un peu barbares, ils étaient beaux et Corum les admira.

Ils traversèrent l'enclave et passèrent dans un patio entouré d'arcades ; un jet d'eau en décorait le centre.

Un grand fauteuil au dossier en pointe s'offrait sous un dais. Le fauteuil était d'or et les arabesques qui l'ornaient de rubis. L'escorte de Corum fit halte et presque aussitôt une silhouette sortit de l'intérieur. L'homme était coiffé d'un haut bonnet de plumes de paon, portait un grand manteau, de plumes également, et une jupe de souple tissu d'or. Il s'installa sur le trône. C'était donc le maître de la ville.

Le chef des guerriers et son monarque échangèrent quelques paroles dans leur langue et Corum attendit avec patience, ne souhaitant pas se conduire de façon à peut-être mécontenter ces gens.

Les deux créatures cessèrent de s'entretenir. Le monarque s'adressa alors à Corum. Il parut essayer plusieurs langues puis, pour finir, Corum s'entendit demander, avec un accent étranger :

« Etes-vous de la race des Mabdens ? »

C'était l'ancien langage des Nhadraghs que Corum avait appris étant enfant.

« Non », répondit-il.

« Mais vous n'êtes pas un Nhedregh ?

— Non... Je ne suis pas... " Nhedregh ". Vous avez connaissance de ce peuple ?

— Deux d'entre eux vivent parmi nous depuis quelques siècles. De quelle race êtes-vous ?

— Vadhagh. »

Le roi se suça les lèvres puis les fit claquer. « Ennemi des Nhedreghs, non ?

— Plus maintenant.

— Plus maintenant ? » répéta le Roi, le sourcil froncé.

« Tous les Vadhaghs sont morts, sauf moi », expliqua Corum. « Et ceux de Nhedreghs qui subsistent sont devenus les esclaves dégénérés des Mabdens.

— Mais les Mabdens sont des barbares !

— Oui, des barbares puissants à présent. »

Le Roi hocha la tête. « C'était prédit. » Il scruta le visage de Corum. « Pourquoi n'êtes-vous pas mort ?

— J'ai choisi de ne pas mourir.

— Vous n'aviez pas le choix, si Arioch avait décidé.

— Qui est Arioch ?
— Le Dieu.
— Quel dieu ?
— Le Dieu qui gouverne nos destinées. Le Duc Arioch des Epées.
— Le Chevalier des Epées ?
— Je crois en effet qu'on lui donne ce titre dans le Sud lointain. » Le potentat paraissait très troublé. Il s'humecta les lèvres. « Je suis le Roi Temgol-Lep. Et ceci est ma ville, Arke. » Il agita sa main maigre. « Voici mon peuple, les Rhaga-da-Khetas. Ce pays s'appelle Khoolocrah. Nous aussi, nous mourrons bientôt.
— Pourquoi cela ?
— C'est le temps des Mabdens. Arioch décide. » Le Roi haussa ses épaules étroites. « Arioch décide. Bientôt les Mabdens viendront nous détruire.
— Vous les combattrez, naturellement.
— Non. C'est le temps des Mabdens. Arioch commande. Il a laissé les Rhaga-da-Khetas vivre plus longtemps parce qu'ils lui obéissent, qu'ils ne lui résistent pas. Mais bientôt nous mourrons. »

Corum secoua la tête. « Ne pensez-vous pas qu'Arioch soit injuste, de vous détruire ainsi ?
— Arioch décide. »

Il vint à l'esprit de Corum que ces gens n'avaient pas toujours été aussi fatalistes. Peut-être qu'eux aussi subissaient une dégénérescence induite par le Chevalier des Epées.

« Pourquoi Arioch détruirait-il toute la beauté et le savoir accumulés ici ?
— Arioch décide. »

Il semblait que le Roi Temgol-Lep en sût davantage sur le Chevalier des Epées et sur ses projets que toute autre personne que Corum eût déjà rencontrée. Habitant si près de ses domaines, peut-être même l'avait-il vu.

« Est-ce Arioch qui vous l'a dit lui-même ?
— Il a parlé par l'intermédiaire de nos sages.

Le chevalier des Épées. 6.

— Et ces sages... Ils sont sûrs de la volonté d'Arioch ?

— Certains. »

Corum soupira. « Eh bien, j'ai l'intention de résister à ses plans. Je ne les juge pas agréables ! »

Le Roi Temgol-Lep abaissa les paupières en tremblant un peu. Les guerriers le regardaient, inquiets. Ils reconnaissaient de toute évidence que leur maître était mécontent.

« Nous ne parlerons plus d'Arioch », dit Temgol-Lep. « Mais, puisque vous êtes notre invité, nous devons vous distraire. Nous boirons le vin ensemble.

— Je boirai le vin, je vous remercie. » Corum eût préféré de la nourriture pour commencer, mais il craignait toujours d'offenser les Rhaga-da-Khetas, qui seraient peut-être en mesure de lui fournir le bateau dont il avait besoin.

Le Roi s'adressa à quelques serviteurs qui attendaient dans l'ombre, près de la porte d'entrée du palais. Ils s'éclipsèrent.

Ils revinrent bientôt avec un plateau chargé de flûtes hautes et minces et d'un flacon doré. Le Roi prit le plateau entre ses propres mains et le posa sur ses genoux. L'air grave, il versa du vin dans une des flûtes, qu'il offrit à Corum.

Celui-ci tendit la main gauche pour la prendre.

La Main tremblait.

Corum tenta de l'immobiliser, mais elle renversa le verre. Le Roi parut stupéfait et voulut parler.

La Main plongea en avant et saisit le Roi à la gorge, de ses six doigts.

Le Roi Temgol-Lep gargouillait et décochait des coups de pied tandis que Corum essayait de ramener en arrière la Main de Kwll. Mais les doigts s'étaient refermés autour du cou. Corum sentait qu'il étranglait lui-même le monarque.

Il appela à l'aide avant de se rendre compte que les guerriers croyaient qu'il s'était volontairement attaqué au Roi. Il tira l'épée et tailla de droite et de gauche quand ils l'assaillirent avec leurs curieuses massues. On voyait qu'ils n'étaient pas habitués à se battre car ils agissaient maladroitement et sans coordination.

La Main lâcha soudain Temgol-Lep, et Corum constata qu'il était mort.

Sa nouvelle main avait assassiné une créature innocente et bonne! Et lui avait ôté toute chance d'obtenir le secours des Rhaga-da-Khetas. Il risquait même d'en périr car les guerriers étaient nombreux.

Debout près du corps du Roi, il frappait de tous les côtés, tranchant des membres, décapitant des corps. Le sang jaillissait de toutes parts, il en était couvert, mais il continuait à combattre.

Et, soudain, il n'y eut plus de combattants vivants.

Seul dans la cour, sous le soleil tiède, devant le jet d'eau, il contemplait tous les cadavres. Il leva la main étrangère dans son gantelet et cracha dessus.

« Oh! chose du mal! Rhalina avait raison! Tu as fait de moi un meurtrier! »

Mais, de nouveau, la Main lui obéissait, elle n'avait plus de vie propre. Il en fléchit les doigts. Comme tout autre membre.

La cour était silencieuse, sauf le murmure du jet d'eau.

Corum se retourna vers le Roi défunt et frissonna. Il leva son épée. Il allait couper la Main de Kwll. Plutôt vivre mutilé que d'être esclave d'un objet aussi malfaisant!

Puis le sol céda sous lui et il plongea en une chute verticale pour tomber sur le dos d'une bête, qui gronda et le griffa.

3

LES CHOSES DE L'OMBRE

CORUM vit le jour au-dessus de lui, puis la dalle se remit en place et il resta dans les ténèbres avec la bête qui occupait la fosse creusée sous le patio. Elle grondait dans un coin. Il se tint prêt à se défendre.

Les grognements cessèrent et le silence s'établit.

Corum était sur ses gardes.

Il entendit un frottement. Il vit une étincelle. L'étincelle devint flamme. La flamme montait d'une mèche qui brûlait dans un récipient de terre rempli d'huile.

Le récipient était tenu par une main sale. Et la main était celle d'une créature poilue dont les yeux irradiaient la colère.

« Qui êtes-vous ? » demanda Corum.

La créature traîna de nouveau les pieds pour aller poser le lumignon dans une niche du mur. Corum s'aperçut que le cachot était couvert de paille souillée. Il y avait une cruche et une assiette. A une extrémité, une épaisse porte de fer. L'endroit sentait les excréments humains.

« Me comprenez-vous ? » insista Corum, en nhadragh.

« Cessez vos bavardages ! » La créature s'exprimait avec hauteur, comme si elle ne se fût pas attendue que Corum comprît. Elle parlait le bas langage. « Vous serez bientôt comme moi. »

Corum ne répondit pas. Il remit l'épée au fourreau et fit un tour d'inspection de la cellule. Il n'y avait pas de moyen visible d'évasion. Il percevait très clairement les voix des Rhaga-da-Khetas, qui paraissaient agités, presque pris de panique.

L'individu pencha la tête pour écouter.

« Voilà donc ce qui est arrivé », annonça-t-il, en souriant et en regardant fixement le Prince. « Vous avez tué ce chétif petit capon, hein? Dans ce cas, votre compagnie ne m'est plus si désagréable. Bien que je ne doive en jouir que peu de temps, j'en ai peur! Je me demande comment ils vont vous tuer... »

Corum écoutait en silence, ne révélant toujours pas qu'il comprenait les paroles de l'autre. Il entendit qu'on emportait les cadavres, en haut. Et aussi des voix diverses.

« Maintenant, ils sont devant une énigme », fit l'homme en gloussant. « Ils ne savent tuer que par ruse. Qu'ont-ils tenté de vous faire, l'ami, de vous empoisonner? C'est généralement ainsi qu'ils se débarrassent de ceux qu'ils craignent. »

Le poison? Corum réfléchissait. Le vin était-il empoisonné? Il regarda la main. L'avait-elle... *deviné*? Etait-elle douée de sentiment?

Il se décida à rompre le silence. « Qui êtes-vous? » s'enquit-il de nouveau, mais en bas langage.

L'autre se mit à rire. « Ainsi vous me comprenez! Eh bien, puisque vous êtes mon invité, je pense que c'est à vous de répondre d'abord à mes questions. Vous m'avez l'air d'un Vadhagh, et pourtant je croyais leur race éteinte depuis longtemps. Dites-moi votre nom et celui de votre famille, l'ami.

— Je suis Corum Jhaelen Irsei, le Prince à la Robe Ecarlate, et je suis le dernier des Vadhaghs.

— Et moi, je suis Hanafax de Pengarde, un peu soldat, un peu prêtre, un peu explorateur... et un peu épave, comme vous le voyez. Je suis originaire d'un pays appelé Lywm-an-Esh... un pays très loin à l'ouest, où...

— J'ai entendu parler de Lywm-an-Esh. J'ai été l'hôte de la Margravine de l'Est.

— Quoi ? Le Margravat existerait encore ? On m'avait dit qu'il y avait très longtemps que la mer l'avait submergé !

— Il est peut-être détruit à présent. Les tribus Pony...

— Par Urleh ! Les tribus Pony ! Mais c'est de la légende !

— Comment se fait-il que vous soyez si loin de votre pays, messire Hanafax ?

— C'est une longue histoire, Prince Corum. Arioch — comme on le nomme ici — n'est guère favorable aux gens de Lywm-an-Esh. Il compte sur tous les Mabdens pour faire sa besogne... principalement pour éliminer les races anciennes comme la vôtre. Et vous savez sans nul doute que notre peuple n'avait aucune envie de détruire ces races, qui ne nous ont jamais fait de tort. Mais Urleh est une sorte de divinité vassale du Chevalier des Epées. J'étais prêtre d'Urleh. Bon. Il semble qu'Arioch se soit impatienté (pour des raisons à lui) et qu'il ait commandé à Urleh de faire embarquer le peuple de Lywm-an-Esh dans une croisade loin dans l'Ouest, où vit une population marine. Ces gens ne sont qu'une cinquantaine en tout et habitent des châteaux bâtis dans le corail. On les nomme Shafalens. Urleh m'a transmis l'ordre d'Arioch. J'ai conclu que c'était un faux ordre... venu d'une autre entité ennemie d'Urleh. Ma chance — qui n'a jamais été des meilleures — a tourné considérablement alors. Il y a eu un meurtre. On me l'a imputé. Je me suis sauvé de mes terres et j'ai volé un navire. Après plusieurs aventures sans intérêt, je me suis retrouvé parmi ce peuple de bavards qui attendent si patiemment qu'Arioch les extermine. J'ai cherché à les unir contre Arioch. Ils m'ont offert du vin, que j'ai refusé. Ils se sont emparés de moi et m'ont collé ici, où je suis depuis bien des mois.

— Que feront-ils de vous ?

— Je n'en sais rien. Ils espèrent que je finirai par crever, sans doute. C'est une race égarée et un peu stupide, mais non cruelle de nature. Pourtant, ils sont en si grande frayeur d'Arioch qu'ils n'osent rien faire qui puisse l'offenser. Ils espèrent ainsi qu'il leur accordera encore une ou deux années de vie.

— Et vous ignorez comment ils vont me traiter ? Après tout, j'ai tué leur Roi !

— J'y pensais. Le poison a échoué. Ils répugneraient à user de violence eux-mêmes. Il faut attendre et voir.

— J'ai une mission à accomplir », déclara Corum. « Je ne peux pas me permettre d'attendre. »

Hanafax sourit. « Je pense qu'il le faudra bien, Prince. Je suis un peu sorcier, je vous l'ai donné à entendre. J'ai quelques tours dans mon sac, mais aucun qui puisse nous aider en ce lieu. Je ne sais pas pourquoi. Et si la sorcellerie ne vient pas à notre secours, qui y viendra ? »

Corum leva sa main étrangère et la contempla.

Puis il regarda le visage hirsute de son compagnon de geôle.

« Avez-vous entendu parler de la Main de Kwll ? »

Hanafax fronça les sourcils. « Oui... je crois. Le seul reste d'un dieu, deux frères qui se sont battus... une légende, naturellement, comme tant de .. »

Corum leva la main gauche. « Voici la Main de Kwll. Elle m'a été donnée par un sorcier, en même temps que cet Œil — l'Œil de Rhynn — et l'un comme l'autre ont de grands pouvoirs, m'a-t-on dit.

— Vous n'en êtes pas certain ?

— Je n'ai pas eu l'occasion de les mettre à l'épreuve. »

Hanafax paraissait troublé. « Cependant, j'aurais

cru de tels pouvoirs trop vastes pour un mortel. Les conséquences de leur usage seraient monstrueuses...

— Je crois n'avoir pas le choix. J'ai pris ma décision. Je vais invoquer les pouvoirs de la Main de Kwll et de l'Œil de Rhynn !

— Je compte sur vous pour leur rappeler que je suis de votre bord, Prince Corum ! »

Celui-ci ôta le gantelet de sa main à six doigts. Il frissonnait de tension. Puis il remonta le bandeau protecteur sur son front.

Il commença à distinguer des Plans plus sombres. Il revit le paysage où brûlait le soleil noir. Il revit aussi les quatre silhouettes encapuchonnées.

Et, cette fois, il les regarda en face. Et il poussa un cri.

Mais il n'aurait su donner de raison à sa terreur.

Il regarda de nouveau.

La Main de Kwll se tendait vers les silhouettes. Leurs têtes bougèrent à la vue de la Main. Leurs yeux terrifiants parurent retirer à Corum toute la chaleur de son corps, toute la vitalité de son âme. Mais il continua à les regarder.

La Main fit un signe d'appel.

Les silhouettes sombres s'avancèrent vers Corum.

Il entendit Hanafax dire : « Je ne vois rien. Qu'évoquez-vous ? Que voyez-vous ? »

Corum ne l'écoutait pas. Il transpirait et tremblait de tous ses membres... sauf la Main de Kwll.

De sous leurs robes, les quatre silhouettes tirèrent d'énormes faux.

Corum remua ses lèvres engourdies. « Ici ! Venez sur ce Plan ! Obéissez ! »

Elles vinrent plus près et parurent franchir un rideau mouvant de brume.

Puis Hanafax, terrifié et dégoûté, s'écria : « Dieux ! Ce sont des choses des Fosses du Chien ! Des Shefanhows ! » Il se plaça d'un bond derrière Corum. « Tenez-les à l'écart de moi, Vadhagh ! Aaah ! »

Des voix creuses sortaient des bouches étrangement torves. « Maître. Nous ferons selon votre volonté. Nous ferons selon la volonté de Kwll.

— Détruisez cette porte ! » commanda Corum.

« Aurons-nous notre prix, maître ?

— Quel est ce prix ?

— Une vie pour chacune des nôtres, maître. »

Corum frissonna. « Oui, très bien, vous aurez votre prix. »

Les faux se levèrent et la porte tomba, et les quatre créatures, qui étaient de vrais Shefanhows, leur montrèrent la voie par un étroit passage.

« Mon cerf-volant ! » murmura Hanafax à Corum. « Nous pourrons nous enfuir avec.

— Un cerf-volant ?

— Oui. Il vole et peut nous emporter tous les deux. »

Les Shefanhows marchaient devant et il émanait d'eux une force qui congelait l'épiderme.

Ils montèrent quelques degrés puis les faux des créatures emmitouflées abattirent une deuxième porte. C'était le jour.

Ils se retrouvèrent dans la cour principale du palais. De toutes parts accouraient des guerriers. Cette fois, ils ne semblaient pas répugner à tuer Corum et Hanafax, mais ils s'immobilisèrent à la vue des quatre personnages en robes sombres.

« Voilà vos prix », leur dit Corum. « Prenez-en autant que vous voudrez et retournez là d'où vous venez ! »

Les faux tournoyèrent au soleil. Les Rhaga-da-Khetas reculaient en hurlant.

Les hurlements montèrent plus fort. Les quatre se mirent d'abord à ricaner, puis ils rugirent. Ensuite, ils parurent répéter en écho les cris de leurs victimes tandis que leurs faux se balançaient et que les têtes se décollaient des épaules.

Ecœurés, Corum et Hanafax longèrent en courant

les couloirs du palais. Hanafax allait le premier. Il finit par s'arrêter devant une porte.

De tous les côtés montaient des cris à présent, et les plus perçants étaient ceux des quatre faucheurs.

Hanafax enfonça la porte. Il faisait sombre à l'intérieur. Il commença à fouiller dans la pièce. « Il était ici quand j'étais encore leur invité. Avant qu'ils estiment que j'avais offensé Arioch. Je suis arrivé ici sur mon cerf-volant. Voyons... »

Corum vit des soldats qui accouraient vers eux dans le couloir.

« Faites vite, Hanafax ! » dit-il. Il bondit dans le couloir pour barrer le passage avec son épée.

Les maigres personnages s'immobilisèrent à la vue de l'épée. Puis ils brandirent leurs massues étranges et reprirent une progression prudente.

L'épée pointa et perça la gorge d'un guerrier, qui s'écroula en un tas informe. Corum en atteignit un autre à l'œil.

Les cris diminuaient à présent. Les affreux alliés de Corum regagnaient leur propre Plan avec leurs victimes.

Derrière Corum, Hanafax traînait un ensemble poussiéreux de tiges et de soie. « Je l'ai, Prince Corum. Laissez-moi un petit instant pour retrouver la formule magique nécessaire. »

Plutôt que de s'effrayer de la mort de leurs camarades, les Rhaga-da-Khetas paraissaient incités à combattre plus farouchement. Abrité en partie par le petit tas de morts, Corum soutenait toujours le choc.

Hanafax se mit à chantonner en une langue inconnue. Corum sentit se lever un vent qui souleva les pans de sa robe. Quelque chose le saisit par-derrière, puis il se retrouva en l'air, s'élevant au-dessus des têtes des Rhaga-da-Khetas. Le vol se poursuivit dans le couloir, puis à l'air libre.

Il jeta un coup d'œil inquiet vers le bas.

La ville défilait rapidement sous eux.

Hanafax le tira dans la nacelle de soie jaune et verte. Corum s'attendait à la chute, mais le cerf-volant tint bon.

L'homme sale, en haillons, qui était son compagnon de voyage à présent, souriait largement.

« Ainsi la volonté d'Arioch ne sera pas faite », observa Corum.

« A moins qu'en tout ceci nous n'ayons été ses instruments », objecta Hanafax, perdant le sourire.

4

DANS LES TERRES DE FLAMMES

Corum, bien qu'il se sentît encore mal à l'aise, s'habituait au vol. Hanafax chantonnait tout en taillant dans ses cheveux et sa barbe, révélant peu à peu un visage jeune et avenant. Apparemment sans inquiétude, il jeta ses vêtements en loques et revêtit un justaucorps et des chausses propres qu'il avait emportés dans un baluchon.

« Je me sens mille fois mieux. Je vous sais gré, Prince, d'avoir rendu visite à la ville d'Arke avant que j'aie atteint le dernier degré de pourriture ! » Corum avait découvert que Hanafax n'était guère enclin à l'introspection, mais que sa nature était essentiellement joviale.

« Où ce vol nous conduit-il, messire Hanafax ?

— Ah ! c'est là le problème ! C'est pourquoi j'ai eu plus d'ennuis que je ne l'aurais souhaité. Je ne peux pas... euh... *diriger* le cerf-volant. Il va où il veut. »

Ils étaient maintenant au-dessus de la mer.

Corum se cramponnait aux haubans et fixait le regard droit devant lui. Hanafax entama une chanson qui n'avait rien de flatteur pour Arioch ni pour le Dieu Chien des Mabdens de l'Est.

Puis Corum aperçut quelque chose en bas et dit sèchement : « Je vous conseille de vous abstenir d'insulter Arioch ! On dirait que nous survolons le

Récif de Mille Lieues. Si j'ai bien compris, ses domaines s'étendent juste derrière.

— A bonne distance, plutôt. J'espère que le cerf-volant nous posera bientôt sur le sol. »

Ils parvinrent à la côte. Corum la scrutait des yeux. Parfois, le pays paraissait n'être qu'eau — une vaste mer entourée par les terres — et parfois l'eau disparaissait complètement, ne laissant que des terres. Cela changeait constamment.

« Est-ce Urde, messire Hanafax ?

— D'après sa position, je pense que c'est bien Urde. Une matière instable, Prince, créée par les Seigneurs du Chaos.

— Les Seigneurs du Chaos ? Je n'avais encore jamais entendu cette expression.

— Vraiment ? Eh bien, c'est leur volonté qui vous gouverne. Arioch est l'un d'entre eux. Il y a très longtemps, il y eut une guerre entre les forces de la Loi et celles du Chaos. Ces dernières furent victorieuses et en vinrent à dominer les Quinze Plans et aussi, m'a-t-on dit, bien des choses au-delà. Certains prétendent que l'Ordre a été totalement défait et que tous ses dieux ont disparu. Ils prétendent que la Balance cosmique penche trop d'un côté, ce qui expliquerait qu'il se passe tant d'événements arbitraires dans le monde. Ils disent aussi qu'autrefois le monde était une *boule* et non un disque. Mais c'est difficile à croire, j'en conviens.

— Des légendes vadhaghs prétendent aussi qu'il était sphérique.

— Oui. Eh bien, les Vadhaghs ont commencé leur ascension juste avant le bannissement de la Loi. C'est pourquoi les Maîtres de l'Epée haïssent tellement les anciennes races. Elles ne sont pas du tout de leur création. Mais, comme il n'est pas permis aux Grands Dieux d'intervenir directement dans les affaires des mortels, ils se manifestent principalement par l'intermédiaire des Mabdens...

— Est-ce la vérité ?

— C'est *une* vérité. » Hanafax haussa les épaules. « Je connais d'autres versions de la même histoire. Mais j'ai tendance à accorder plus de créance à celle-là.

— Ces Grands Dieux... Vous voulez parler des Maîtres de l'Epée ?

— Oui, les Maîtres de l'Epée et d'autres. Il y a aussi les Anciens Grands Dieux, pour lesquels les myriades de Plans de la Terre ne sont qu'un fragment minuscule d'une mosaïque beaucoup plus vaste. » Le jeune homme haussa de nouveau les épaules. « Ainsi le veut la cosmologie que l'on m'a enseignée quand j'étais prêtre. Je ne saurais en garantir l'exactitude. »

Corum plissa le front. Il regarda en bas. Ils survolaient maintenant un désert jaune et brun, d'aspect sinistre. C'était le Dhroonhazat, et il semblait entièrement dépourvu d'eau. Par une fantaisie du destin, Corum se trouvait emporté vers le Chevalier des Epées plus rapidement qu'il ne l'avait prévu.

Mais était-ce bien une fantaisie du destin ?

Maintenant, la chaleur augmentait et le sable frémissait et dansait au-dessous d'eux.

« Nous approchons dangereusement des Terres de Flammes, Prince. Regardez ! »

Corum distingua à l'horizon une fine raie de lumière rouge qui clignotait. Au-dessus, le ciel se teintait également de rouge.

Le cerf-volant s'en rapprochait et la chaleur montait. A son grand étonnement, Corum vit qu'ils allaient vers une muraille de flammes qui s'étendait aussi loin qu'il pouvait voir dans les deux directions.

« Hanafax, nous allons être brûlés vifs », dit-il.

« Oui, cela paraît probable.

— N'y a-t-il aucun moyen de faire virer ce cerf-volant ?

— J'ai essayé dans le passé. Ce n'est pas la première fois qu'il me tire d'un danger pour me jeter dans un plus grand... »

Le mur de feu était à présent si proche que Corum en sentait la chaleur lui brûler le visage. Il entendait les ronflements et les craquements de cet incendie qui semblait se nourrir seulement d'air.

« Cela défie la nature ! » souffla-t-il.

« N'est-ce pas là une bonne définition de toute forme de sorcellerie ? » fit Hanafax. « C'est l'œuvre du Chaos. Son plaisir est en définitive de bouleverser toute harmonie naturelle.

— Ah ! Cette sorcellerie ! Mon esprit en est rassasié. Je n'en comprends pas la logique.

— C'est parce qu'elle n'en a pas. Elle est arbitraire. Les Seigneurs du Chaos sont les ennemis de la logique, les jongleurs de la vérité, les modeleurs de la beauté. Je serais surpris que ces Terres de Flammes n'aient pas été créées par eux dans une idée d'esthétique. La beauté — la beauté perpétuellement changeante —, ils ne vivent que pour cela.

— Une beauté mauvaise.

— Je crois que les Seigneurs du Chaos ignorent les notions de " bon " et de " mauvais ".

— J'aimerais les leur inculquer. » Corum s'essuya le front avec la manche de son manteau.

« Pour détruire toute leur beauté ? »

Corum lança un coup d'œil à Hanafax. Ce Mabden était-il donc du côté du Chevalier ? Avait-il en réalité persuadé Corum de l'accompagner pour le prendre au piège ?

« Il y a d'autres genres de beauté, plus doux, messire Hanafax.

— En effet. »

Partout, au-dessous d'eux, la flamme hurlait et bondissait. Le cerf-volant se mit à prendre de l'altitude car la soie commençait à fumer. Corum avait maintenant la certitude que l'engin serait bientôt détruit par le feu et qu'ils seraient tous les deux précipités dans les profondeurs de l'incendie.

Mais, pour l'instant, ils étaient au-dessus et, bien que la soie se fût soudain animée de petites langues de feu, bien que Corum se sentît rôtir dans son armure comme une tortue dans sa carapace, il distinguait à présent l'autre côté de la muraille.

Un morceau du cerf-volant, en flammes, se détacha.

Hanafax, dont le visage était d'un rouge éclatant, dont le corps ruisselait de transpiration, s'accrochait à un étai. Il souffla : « Cramponnez-vous à une barre, Prince ! Une barre ! »

Corum empoigna une de celles qui lui passaient sous le corps à l'instant où la soie enflammée s'arrachait de la carcasse pour tomber en tournoyant dans le brasier. Le cerf-volant piqua, menaçant de suivre la soie. Il perdait rapidement de l'altitude. Corum toussait sous l'effet de l'air ardent qui lui pénétrait dans les poumons. Des ampoules se soulevaient sur sa main droite, bien que la gauche restât indemne.

L'engin fit une embardée et commença à tomber.

Corum se sentit expédié en tous sens durant la folle descente, mais il réussit à ne pas lâcher sa barre de bois. Puis il y eut un violent craquement, un choc formidable, et il se retrouva étendu parmi les débris sur une surface plate d'obsidienne, avec le mur de flammes derrière lui.

Il redressa son corps endolori. La chaleur restait insupportable et les flammes se rapprochaient dans son dos en ronronnant, hautes de cent pieds ou davantage. La roche en fusion sur laquelle il se tenait, d'un vert brillant, reflétait le feu et donnait l'impression de se convulser sous ses pieds. A quelque distance sur sa gauche coulait une paresseuse rivière de lave en fusion, et des flammèches couraient à la surface. Partout où il portait les yeux, Corum voyait les mêmes roches luisantes, les mêmes rivières de feu. Il examina le cerf-volant. Complètement inutilisable. Hanafax était assis au milieu des morceaux et maudissait l'engin. Il se leva.

« En tout cas, tu ne me feras plus voler vers de

nouveaux périls ! » lança-t-il en décochant un coup de pied à la carcasse noircie et déformée.

« Je pense que le danger qui nous presse est très suffisant ! » observa Corum. « Ce pourrait être le dernier que nous affrontions. »

Hanafax ramassa son épée et son ceinturon parmi les débris et boucla celui-ci. Il trouva un manteau un peu brûlé et le mit sur ses épaules, pour les protéger. « Oui, je crois que vous dites la vérité, Prince. Triste endroit pour mourir, hein ?

— Selon les légendes des Mabdens », fit Corum, « nous pourrions déjà être morts et condamnés à rester ici. N'y a-t-il pas des mondes inférieurs des Mabdens que l'on dit constitués de flammes éternelles ? »

Hanafax renifla. « Dans l'Est, peut-être. De toute façon, nous ne pouvons pas revenir en arrière ; alors je suppose qu'il nous faut aller de l'avant.

— On m'a dit qu'il y a au nord un Pays des Glaces », émit Corum. « Comment elles ne fondent pas si près des Terres de Flammes, je l'ignore.

— Encore une fantaisie des Seigneurs du Chaos, sans doute.

— Sans doute. »

Ils entamèrent leur marche sur la roche glissante qui leur brûlait les pieds à chaque pas, laissant derrière eux la muraille de flammes, sautant par-dessus les ruisselets de lave, faisant tant de détours et progressant si lentement qu'ils furent bientôt épuisés et durent s'arrêter pour se reposer. Ils contemplèrent les flammes, éloignées maintenant, s'essuyèrent le front et échangèrent des regards désespérés. La soif les tourmentait à présent et leurs voix étaient rauques.

« Je crois que nous sommes condamnés, Prince Corum. »

Celui-ci fit un signe d'acquiescement. Il releva la tête. Des nuages rouges tourbillonnaient au-dessus d'eux comme une coupole de feu. Il semblait que le monde entier fût incendié.

« Ne connaissez-vous pas de charmes pour appeler la pluie, messire Hanafax ?

— Non, je le regrette. Nous autres, prêtres, n'avons que mépris pour des tours aussi élémentaires...

— Des tours utiles. Il semble que les sorciers n'affectionnent que le sensationnel.

— Je le crains, en effet. » Hanafax soupira. « Et vos pouvoirs personnels ? Ne pourriez-vous... » — il frissonna — « requérir une aide quelconque de ce monde infernal d'où sont venus vos atroces alliés ?

— Je pense que ces alliés-là ne sont utiles qu'en cas de combat. Je n'ai aucune idée de ce qu'ils sont, ni de la raison de leur obéissance. J'en viens à croire que le sorcier qui m'a remis cette Main et cet Œil n'en savait pas plus que moi. Son travail m'a tout l'air d'une expérimentation.

— J'espère que vous avez remarqué que le soleil ne semble pas se coucher sur les Terres de Flammes. Nous n'aurons même pas la nuit pour nous soulager. »

Corum allait répondre quand il aperçut quelque chose qui bougeait sur une éminence d'obsidienne noire, à quelque distance. « Chut ! messire Hanafax !... »

Ce dernier regarda à travers la fumée chaude. « Quoi ? »

Alors, ils se révélèrent.

Ils étaient une vingtaine, montés sur des bêtes dont le corps était recouvert d'une peau épaisse, écailleuse, rappelant une armure imbriquée. Elles avaient quatre courtes pattes, le sabot fendu, un bouquet de cornes sur la tête, des museaux pointus, et de petits yeux rouges luisants. Les cavaliers étaient couverts de la tête aux pieds de vêtements rouges d'un tissu brillant qui leur cachait même la figure et les mains. Ils étaient armés de longues lances à la pointe en forme de harpon.

En silence, ils entourèrent Corum et Hanafax.

Le silence se prolongea quelques instants, puis l'un d'eux prit la parole. « Que faites-vous sur nos Terres de Flammes, étrangers ?

— Nous n'y sommes pas de notre gré », répondit Corum. « C'est un accident qui nous a amenés. Nous sommes gens de paix.

— Vous ne l'êtes pas. Vous portez l'épée.

— Nous ignorions que ces terres étaient habitées », intervint Hanafax. « Nous avons besoin de secours. Nous souhaitons repartir.

— Personne ne peut quitter les Terres de Flammes, sinon pour souffrir un affreux destin. » La voix sonore laissait percer la tristesse. « Il n'y a qu'une issue : par la Gueule du Lion.

— Ne pouvons-nous... »

Les cavaliers se rapprochèrent. Corum et Hanafax tirèrent leurs épées.

« Eh bien, Prince, il me semble que nous allons mourir ! »

Le visage de Corum était sombre. Il remonta son bandeau. Un instant, sa vue se brouilla, puis il vit de nouveau l'autre monde. Il se demanda brièvement s'il ne valait pas mieux mourir aux mains des habitants des Terres de Flammes, mais il contemplait maintenant une caverne où de hautes silhouettes se tenaient figées.

Corum eut un haut-le-corps en les reconnaissant comme les guerriers Rhaga-da-Khetas, morts, leurs blessures désormais vides de sang, les yeux vitreux, les vêtements et les armures déchiquetés, les armes encore dans leurs mains. Ils se mirent en marche vers Corum quand sa main se tendit pour les appeler.

« Non ! Ce sont aussi mes ennemis ! » cria-t-il.

Hanafax, ignorant ce que voyait Corum, tourna la tête, étonné.

Les soldats morts continuaient d'avancer. La scène, derrière eux, se dissipa. Ils se matérialisèrent sur la roche d'obsidienne des Terres de Flammes.

Corum recula en gesticulant follement. Les guerriers des Terres de Flammes immobilisèrent leurs montures, dans leur surprise. Le visage de Hanafax était le masque de la peur.

« Non ! Je... »

Un murmure échappa des lèvres du défunt Roi Temgol-Lep. « Nous vous servons, maître. Nous donnerez-vous nos prix ? »

Corum se domina. Il hocha lentement la tête. « Oui. Vous pourrez prendre vos prix. »

Les guerriers aux longs membres firent face aux cavaliers des Terres de Flammes. Les bêtes renâclèrent et tentèrent de reculer, mais leurs maîtres les obligèrent à rester sur place. Il y avait une cinquantaine de Rhaga-da-Khetas. Se séparant en groupes de deux ou trois, ils s'élancèrent, la massue haute, contre les êtres montés sur les étranges bêtes.

Les lances pointèrent et piquèrent les Rhaga-da-Khetas. Nombre d'entre eux furent abattus, mais cela ne les fit pas reculer. Ils se mirent à désarçonner les cavaliers.

Le visage livide, Corum observait le combat. Il savait qu'il condamnait les guerriers des Terres de Flammes au même monde inférieur d'où il avait évoqué les Rhaga-da-Khetas. Et c'était lui qui y avait envoyé en premier lieu les Rhaga-da-Khetas.

La fantastique bataille continuait sur la roche luisante autour de laquelle coulaient des ruisseaux de roche rougie par le feu. Les massues, avec leurs griffes d'oiseaux, déchiraient les vêtements des cavaliers, révélant des gens aux visages connus.

« Arrêtez ! » cria Corum. « Arrêtez ! Cela suffit ! Ne tuez plus ! »

Temgol-Lep tourna ses yeux vitreux vers Corum. Le Roi mort avait un javelot barbelé à travers le corps mais ne semblait pas s'en apercevoir. Ses lèvres remuèrent. « Ce sont nos prix, maître. Nous ne pouvons arrêter.

— Mais ce sont des Vadhaghs ! Comme moi ! Ce sont des gens de mon peuple ! »

Hanafax posa la main sur l'épaule de Corum. « Ils sont tous morts, maintenant, Prince. »

Sanglotant, Corum courut vers les cadavres pour en examiner les visages. Les mêmes crânes allongés, les mêmes grands yeux en amande, les mêmes oreilles en pointe.

« Des Vadhaghs ici ? Comment ? » murmura Hanafax.

Temgol-Lep entraînait un des corps, aidé de deux de ses compagnons. Les bêtes écailleuses se dispersaient, certaines pataugeant avec insouciance dans la lave.

Par l'Œil de Rhynn, Corum voyait les Rhaga-da-Khetas tirer les cadavres dans leur caverne. Il remit son bandeau en frissonnant. En dehors de quelques armes, de quelques débris de cuirasses et de vêtements, ainsi que des montures qui s'éloignaient, il ne restait rien des Vadhaghs des Terres de Flammes.

« J'ai détruit mes semblables ! » cria Corum. « Je les ai condamnés à un sort affreux dans ce monde infernal !

— La sorcellerie se retourne souvent contre celui qui y fait appel », observa avec calme Hanafax. « C'est un pouvoir arbitraire, je vous l'ai dit. »

Corum se tourna vers Hanafax. « Assez de paroles, Mabden ! Ne comprenez-vous pas ce que j'ai fait ? »

Le jeune homme hocha la tête. « Si, mais c'est fait. Et nos vies sont sauves.

— Et j'ai ajouté le fratricide à mes autres fautes. » Corum tomba à genoux, lâchant son épée. Il pleurait.

« Qui pleure ? »

C'était une voix de femme. Une voix triste.

« Qui pleure pour Cira-an-Venl, les Terres Devenues Flammes ? Qui se souvient de leurs fraîches prairies et de leurs belles collines ? »

Corum leva la tête et se remit debout. Hanafax regardait fixement l'apparition sur la roche au-dessus d'eux.

« Qui pleure là ? »

La femme était âgée. Elle avait un beau visage, sévère, livide, ridé. Ses cheveux gris tourbillonnaient autour d'elle. Elle portait un manteau rouge pareil à ceux des guerriers et elle montait une bête cornue. C'était une femme vadhagh, très frêle.

A l'endroit où avaient été ses yeux n'étaient plus que des mares de chagrin, blanches, laiteuses.

« Je suis Corum Jhaelen Irsei, ma Dame. Pourquoi êtes-vous aveugle ?

— Je le suis par choix. Plutôt qu'être témoin de ce qu'est devenu mon pays, je me suis arraché les yeux. Je suis Ooresé, Reine de Cira-an-Venl, et mes gens sont au nombre de vingt. »

Corum avait les lèvres sèches. « J'ai massacré vos gens, ma Dame. Voilà pourquoi je pleure. »

Son visage ne changea pas. « Ils étaient condamnés à périr. Mieux vaut qu'ils soient morts. Merci de les avoir libérés, étranger. Peut-être consentiriez-vous à me libérer aussi ? Je ne vis que pour faire survivre le souvenir de Cira-an-Venl. » Elle s'interrompit. « Pourquoi utilisez-vous un nom de Vedragh ?

— Je suis du peuple vadhagh — ou vedragh, comme vous dites. Je viens des pays lointains, au sud.

— Ainsi les Vedraghs sont bien allés au sud. Et leur terre est-elle belle ?

— Très belle.

— Et vos gens sont-ils heureux, Prince Corum à la Robe Ecarlate ?

— Ils sont morts, Reine Ooresé. Ils sont morts.

— Tous morts maintenant ? Sauf vous ?

— Et vous-même, ma Reine. »

Un sourire lui effleura les lèvres. « Il disait que nous péririons tous, où que nous soyons, sur n'importe quel Plan. Mais il y avait encore une autre prophétie... Lorsque nous mourrions, il mourrait aussi. Il a refusé d'y prêter attention, si je me souviens.

— Qui a dit cela, ma Dame ?

— Le Chevalier des Epées. Le Duc Arioch du Chaos. Celui qui a hérité de ces cinq Plans pour sa part dans l'antique bataille entre l'Ordre et le Chaos. Qui est venu ici et a voulu que la roche lisse recouvre nos jolies collines, que la lave bouillante coure dans le lit de nos douces rivières, que la flamme jaillisse là où s'étendaient de vertes forêts. C'est le Duc Arioch qui a fait cette prédiction, Prince. Mais, avant de partir pour son lieu d'exil, le Seigneur Arkyn en a prononcé une autre.

— Le Seigneur Arkyn ?

— Seigneur de la Loi, qui régnait ici avant qu'Arioch l'en chasse. Il a dit qu'en détruisant les races anciennes il anéantirait aussi ses propres pouvoirs sur les cinq Plans.

— Un souhait bien agréable », murmura Hanafax, « mais je doute que ce soit vrai.

— Peut-être nous trompons-nous nous-mêmes avec des mensonges favorables, vous qui parlez avec l'accent des Mabdens. Mais vous ne savez pas ce que nous savons, car vous êtes les enfants d'Arioch. »

Hanafax se redressa. « Peut-être sommes-nous ses enfants, Reine Ooresé, mais pas ses esclaves. Je suis ici parce que j'ai défié la volonté d'Arioch. »

Elle ébaucha de nouveau son triste sourire. « Et d'aucuns prétendent que les Vedraghs ont façonné d'eux-mêmes leur destin. Qu'ils ont combattu les Nhadraghs, défiant ainsi l'ordre des choses voulu par le Seigneur Arkyn.

— Les dieux sont vindicatifs », marmonna Hanafax.

« Moi aussi, je suis vindicative, messire Mabden », déclara la Reine.

« Parce que nous avons tué vos guerriers ? »

Elle fit un geste de la main. « Non. Ils vous ont attaqués. Vous vous êtes défendus. Voilà tout. Je parle du Duc Arioch et de sa fantaisie... Une fantaisie qui a transformé un beau pays en cette terrifiante désolation de flammes éternelles.

— Vous aimeriez donc être vengée du Duc Arioch ? » demanda Corum.

« Mon peuple se comptait jadis par centaines. L'un après l'autre je les ai envoyés par la Gueule du Lion pour détruire le Chevalier des Epées. Nul n'a réussi. Nul n'en est revenu.

— Qu'est donc la Gueule du Lion ? » s'enquit Hanafax. « On nous a dit que c'était le seul moyen de sortir des Terres de Flammes.

— C'est la vérité. Et c'est sans issue. Ceux qui survivent au franchissement de la Gueule du Lion ne survivent pas à ce qui se trouve outre... Le palais même du Duc Arioch.

— Personne ne peut-il en échapper vivant ? »

Le visage de la Reine aveugle se tourna vers le ciel rosé. « Seul un grand héros, Prince à la Robe Ecarlate. Seul un grand héros.

— Autrefois, les Vadhaghs ne croyaient pas aux héros ni à toutes ces histoires », fit amèrement Corum.

Elle hocha la tête. « Je m'en souviens. Mais ils n'avaient pas alors besoin d'y croire. »

Corum resta un moment silencieux, puis il s'enquit : « Où se trouve la Gueule du Lion, ma Reine ?

— Je vous y conduirai, Prince Corum. »

5

PAR LA GUEULE DU LION

LA Reine leur donna de l'eau du tonnelet pendu derrière sa selle et appela deux montures pesantes pour Corum et Hanafax. Ils se hissèrent sur le dos des bêtes et prirent les rênes, puis la suivirent sur les plaques d'obsidienne noir et vert, entre les rivières de flammes.

Bien qu'aveugle, elle menait adroitement sa bête et elle continuait à parler de ce qui s'était trouvé ici, de ce qui avait poussé là, comme si elle s'était rappelé tout arbre et toute fleur qui avait jamais grandi sur ses terres désolées.

Après un bon bout de temps, elle fit halte et pointa la main devant elle. « Que voyez-vous là ? »

Corum scruta le lointain à travers les couches de fumée.

« On dirait une grande roche...
— Approchons-nous ! » dit-elle.

Et, de plus près, Corum commença à distinguer de quoi il s'agissait. Une gigantesque roche, en effet. Un monticule de pierre lisse et luisante comme de l'or patiné. Et le roc était façonné dans tous ses détails en une énorme tête de lion, la gueule grande ouverte pour rugir, entre ses crocs aigus.

« Grands Dieux ! Qui a sculpté cela ? » fit Hanafax.

« Une création d'Arioch », expliqua la Reine

Ooresé. « Autrefois, notre paisible cité se dressait là. Maintenant, nous vivons — nous vivions — dans des cavernes souterraines où coulent des eaux et où il fait un peu plus frais. »

Corum contempla l'invraisemblable tête de lion, puis il se tourna vers la Reine. « Quel âge avez-vous, Majesté ?

— Je l'ignore. Le Temps n'existe pas dans les Terres de Flammes. Dix mille ans, peut-être. »

Au loin dansait un autre mur de flammes. Corum en fit la remarque.

« Nous sommes entourés de flammes de toutes parts. Quand Arioch les a suscitées, beaucoup d'entre nous se sont jetés dedans plutôt que de voir ce qu'était devenue notre terre. Ainsi périt mon mari, ainsi que tous mes frères et sœurs. »

Corum nota que Hanafax était moins bavard qu'à l'ordinaire. Il inclinait la tête et la frottait de temps en temps, l'air intrigué.

« Qu'y a-t-il, ami Hanafax ?

— Rien, Prince. Un mal de tête. Sans doute la chaleur. »

Soudain, un curieux gémissement leur parvint aux oreilles. Hanafax releva la tête, les yeux écarquillés d'étonnement.

« Qu'est-ce ?

— Le lion chante », dit la Reine. « Il sait que nous approchons. »

Un son semblable échappa alors de la gorge de Hanafax, tout comme un chien hurle en entendant hurler un congénère.

« Mon ami ! » Corum poussa sa monture près de l'autre. « Etes-vous souffrant ? »

Hanafax tourna vers lui des yeux vagues. « Non. Je vous l'ai dit, c'est la chaleur... » Son visage se convulsa. « Aah ! La douleur ! Je ne veux pas ! Je ne veux pas ! »

Corum se tourna vers Ooresé. « Cela s'est-il déjà produit, à votre connaissance ? »

Elle fronçait les sourcils, paraissant réfléchir, plutôt que de s'intéresser à Hanafax. « Non », dit-elle enfin, « à moins que...

— *Arioch ! Je ne veux pas !* » Hanafax haletait.

Alors, la main d'emprunt de Corum sauta de la rêne qu'elle tenait.

Corum voulut la retenir, mais elle fila droit au visage de Hanafax, les doigts tendus. Les doigts pénétrèrent dans les yeux du Mabden. Ils entrèrent profondément dans le cerveau. Hanafax hurla : « Non, Corum, je vous en prie !... je peux lutter !... *Aaaah !* »

Et la Main de Kwll se retira, les doigts dégoulinants de sang et de cervelle, tandis que le corps sans vie du Mabden tombait de la selle.

« Que se passe-t-il ? » s'inquiéta la Reine Ooresé. Corum contemplait la main souillée, revenue à sa place. « Ce n'est rien », dit-il. « J'ai tué mon ami. »

Il leva brusquement les yeux.

Au-dessus de lui, sur une éminence, il avait cru voir une silhouette en observation. Puis la fumée vint lui cacher la vue.

« Ainsi, vous avez deviné, comme moi, Prince à la Robe Ecarlate », dit la Reine.

« Je n'ai rien deviné. J'ai tué mon ami, voilà tout ce que je sais. Il m'a aidé. Il m'a montré... » Corum avait peine à parler.

« Ce n'était qu'un Mabden, Prince. Seulement un serviteur mabden d'Arioch.

— Il haïssait Arioch !

— Mais Arioch l'a découvert et est entré en lui. Il aurait tenté de nous supprimer. Vous avez bien fait de l'éliminer. Il vous aurait trahi, Prince. »

Corum l'observait pensivement. « J'aurais dû me laisser tuer par lui. Pourquoi vivrais-je ?

— Parce que vous êtes un Vedragh. Le dernier des Vedraghs à pouvoir venger notre race !

— Qu'elle disparaisse sans vengeance ! Trop de crimes ont déjà été commis au nom de la vengeance ! Trop d'infortunés ont subi des sorts terrifiants ! Le nom des Vadhaghs sera-t-il évoqué avec amour... ou murmuré avec horreur ?

— On le prononce déjà avec horreur. Arioch en a pris soin. Voici la Gueule du Lion. Adieu, Prince à la Robe Ecarlate ! »

Et la Reine Ooresé éperonna sa bête, qui prit le galop, l'emportant par-delà la grande roche vers le vaste mur de flammes.

Corum savait ce qu'elle allait faire.

Il regardait le corps de Hanafax. Le joyeux garçon ne sourirait plus et son âme souffrait sans doute déjà les tourments dictés par la fantaisie d'Arioch.

De nouveau, Corum était seul.

Il poussa un soupir en frémissant.

L'étrange gémissement sortit de nouveau de la Gueule du Lion. Il paraissait l'appeler. Corum haussa les épaules. Qu'importe s'il périssait. Cela signifierait simplement que plus personne ne mourrait par sa faute.

Il reprit lentement sa route vers la Gueule du Lion. En approchant, il accéléra l'allure, puis, poussant un cri, il fonça entre les mâchoires béantes dans les ténèbres hurlantes !

La bête buta, perdit pied et tomba. Projeté au loin, Corum se releva, chercha à tâtons les rênes. Mais la bête avait déjà fait volte-face et galopait vers la clarté de l'entrée, aux reflets rouges et jaunes. Un instant, l'esprit de Corum retrouva le calme et il eut l'idée de la suivre. Mais il se rappela le visage de Hanafax et s'enfonça résolument dans les ténèbres plus profondes.

Il marcha ainsi longtemps. Il faisait frais dans la Gueule du Lion et il se demandait si la Reine Ooresé n'avait répété qu'une superstition, car l'intérieur paraissait n'être qu'une vaste caverne.

Puis les bruits de froissement commencèrent.

Il crut apercevoir des yeux qui le guettaient. Des yeux accusateurs ? Non. Seulement malveillants. Il tira l'épée. Il s'immobilisa pour jeter un regard autour de lui. Il fit encore un pas en avant.

Il se trouva dans un néant tourbillonnant. Des couleurs passaient en éclair, quelque chose poussa un cri aigu, un rire lui emplit la tête. Il tenta de faire encore un pas.

Il était debout sur une plaine de cristal et, encastrés au-dessous, sous ses pieds, il y avait des êtres par millions — Vadhaghs, Nhadraghs, Mabdens, Rhaga-da-Khetas et tant d'autres qu'il ne reconnaissait pas. Il y avait des hommes et des femmes, et tous avaient les yeux grands ouverts ; tous pressaient leurs visages contre le cristal ; tous tendaient les mains comme pour implorer secours. Tous le regardaient fixement. Il voulut entamer le cristal avec son épée mais ne le marqua même pas.

Il avança.

Il distingua à la fois les Cinq Plans, en surimposition l'un sur l'autre, comme il les avait vus dans son enfance... tels que ses ancêtres les avaient connus. Il était dans une gorge, une forêt, une vallée, un champ, une autre forêt. Il voulut passer dans un Plan de son choix, mais il en fut empêché.

Des choses venaient lui becqueter la chair en criant. Il les combattit avec l'épée. Elles disparurent.

Il traversait un pont de glace. Qui fondait sous lui. En bas l'attendaient des créatures difformes, tous crocs dehors. La glace craqua. Il perdit pied. Il tomba.

Dans un remous de matière en ébullition qui esquissait des formes pour les détruire instantanément. Il vit des cités entières naître et s'effacer. Des créatures, les unes belles, les autres d'une laideur écœurante. Des choses qui se faisaient aimer de lui, d'autres qui le poussaient à hurler sa haine.

Puis il se retrouva dans le noir de la grande

caverne, où des choses ricanaient de lui et s'éparpillaient devant ses pas.

Corum comprit que quiconque aurait connu les mêmes horreurs eût maintenant complètement perdu la raison. Mais le sorcier Shool lui avait donné quelque chose de plus que l'Œil de Rhynn et que la Main de Kwll. Il lui avait conféré la capacité de contempler l'apparition la plus démoniaque sans pratiquement s'en émouvoir.

Et, songeait-il, cela signifiait aussi qu'il avait perdu autre chose...

Il fit encore un pas.

Il enfonçait jusqu'aux genoux dans la chair visqueuse, sans forme, mais vivante. Elle commençait à l'entraîner par succion. Il frappa autour de lui avec son épée. Maintenant, il en avait jusqu'à la taille. Il étouffa un cri et força son corps à progresser dans cette matière.

Il était sous une coupole de glace et autour de lui étaient un million de Corum. Il se voyait innocent et gai avant la venue des Mabdens, puis d'humeur sombre, sinistre, avec son Œil endiamanté et sa Main meurtrière, puis mourant...

Encore un pas.

Du sang l'inonda. Il voulut reprendre pied. Les têtes de quatre répugnants reptiles sortirent de la matière pour lui claquer des mâchoires à la figure.

Son instinct le poussait à reculer. Mais il partit à la nage dans leur direction.

Il fut dans un tunnel d'argent et d'or. Au bout, une porte ; derrière la porte, des bruits de mouvement.

L'épée à la main, il franchit le seuil.

Un rire insolite et désespéré emplit l'immense galerie dans laquelle il pénétra.

Il sut qu'il était parvenu à la Cour du Chevalier des Epées.

6

LE FESTIN DES DIEUX

L'IMMENSITE de la salle réduisait Corum à la taille d'un nain. Il vit soudain ses aventures passées, ses émotions, ses désirs, ses fautes, comme totalement ineptes et sans importance. Cette humeur s'accentuait du fait qu'il s'était attendu à affronter Arioch dès qu'il aurait atteint sa Cour.

Mais Corum était entré en ces lieux sans même qu'on l'eût remarqué.

Le rire venait d'une galerie très élevée où deux démons écailleux aux longues cornes, aux queues encore plus longues, luttaient entre eux. Tout en se battant ils riaient, bien qu'ils semblassent l'un et l'autre au bord de la mort.

L'attention d'Arioch paraissait rivée à ce duel.

Le Chevalier des Epées — le Duc du Chaos —, allongé sur un tas d'ordures, avalait un breuvage malodorant dans un gobelet souillé. Il débordait de graisse et son lard tremblait à son rire. Il était entièrement nu et ressemblait sous tous les aspects à un Mabden. Son corps semblait couvert de croûtes et d'ulcères, particulièrement dans la région pelvienne. Il avait le visage laid, rouge, et, quand il ouvrait la bouche, il révélait des dents pourries.

Corum n'aurait pas su que c'était le Dieu, n'eût été ses dimensions, car Arioch était grand comme un château et son épée, symbole de sa puissance, posée debout, eût atteint le sommet de la plus haute tour du château d'Erorn.

Les parois de la salle s'étageaient en gradins. Des gradins innombrables qui montaient vers le plafond arrondi, dissimulé lui-même sous une fumée grasse. Les galeries étaient occupées surtout par des Mabdens de tout âge. La plupart d'entre eux étaient nus. Beaucoup faisaient l'amour, luttaient, se torturaient entre eux. Il y avait encore d'autres êtres... principalement des Shefanhows écailleux un peu plus petits que les deux qui se livraient combat.

L'épée était d'un noir de jais, gravée de dessins multiples. Des Mabdens s'en occupaient. Agenouillés sur la lame, ils polissaient une partie de dessin, ou, grimpés sur la garde, ils la lavaient ; ou bien, aussi, à cheval sur la poignée, ils réparaient les fils d'or dont elle était ornée.

D'autres créatures, encore, s'activaient. Tels des poux, elles rampaient sur la masse grossière du Dieu, lui mordant la peau, lui suçant le sang et la chair. Arioch paraissait détaché de tout ce mouvement. Il concentrait son intérêt sur le combat, à la galerie supérieure.

Etait-ce donc là le tout-puissant Arioch, qui vivait ainsi comme un paysan ivre dans une porcherie ? Etait-ce bien la malfaisante créature qui avait détruit des nations entières, qui poursuivait sa vendetta contre toutes les races nées sur la Terre avant sa venue ?

Le rire d'Arioch ébranlait le sol. Certains des Mabdens parasites tombaient de son corps. Certains se relevaient sans dommage, mais d'autres restaient sur le dos, les membres ou l'échine rompus, incapables de bouger. Leurs camarades se moquaient de leur sort et remontaient avec opiniâtreté sur la chair du Dieu, en détachant de petits morceaux à coups de dent.

Arioch avait les cheveux longs, raides et gras. Là aussi, des Mabdens cherchaient leur nourriture et se la disputaient. Partout ailleurs, parmi les poils du Dieu, des Mabdens se faufilaient en rampant, à la recherche de miettes ou de morceaux de chair tendre.

Les deux démons tombèrent à la renverse. L'un était mort, l'autre ne valait guère mieux, mais il riait encore faiblement. Puis son rire cessa.

Arioch se donna une tape sur le ventre, tuant du coup une douzaine de Mabdens, puis il se gratta. Il examina les restes sanglants dans sa paume, et l'essuya distraitement sur sa chevelure. Les Mabdens vivants se saisirent des morceaux et les dévorèrent.

Un grand soupir s'échappa de la bouche du Dieu, qui se mit à se curer le nez avec un doigt sale, de la taille d'un grand peuplier.

Corum observa qu'il y avait des ouvertures entre les galeries, et des escaliers qui montaient en spirale. Mais il n'avait aucune idée de l'endroit où s'amorçait la plus haute tour du château. Il entreprit, sur la pointe des pieds, de faire le tour de la salle.

Les oreilles d'Arioch perçurent néanmoins le bruit et le Dieu se mit en alerte. Il pencha la tête pour scruter le plancher. Ses yeux énormes se fixèrent sur Corum et une main monstrueuse se tendit pour le saisir.

Corum brandit son épée et tailla dans la main, mais Arioch éclata de rire et tira vers lui le Prince vadhagh.

« Qu'est ceci ? » tonna une voix. « Pas un des miens ! Pas un des miens ! »

Corum continuait à frapper la main et Arioch ne semblait toujours pas sentir les coups, bien que la lame eût profondément entaillé sa chair. De ses épaules, de ses oreilles, d'entre ses cheveux sales, des Mabdens examinaient Corum avec une curiosité terrifiée.

« Pas un des miens ! » tonna de nouveau Arioch. « Un des siens ! Oui, un des siens !

Le chevalier des Épées. 7.

— De qui ? » cria Corum en se battant toujours.

« De celui dont le château m'est récemment venu en héritage. Le type sévère. Arkyn. Arkyn de la Loi. Un des siens. Je les croyais tous disparus. Je ne peux garder l'œil sur de petits êtres qui ne sont pas de ma fabrication. Je ne comprends pas leurs manières.

— Arioch ! Vous avez supprimé tous mes parents !

— Ah bon ! Tous, dites-vous ? Bon. Est-ce le message que vous m'apportez ? Pourquoi n'ai-je pas déjà été informé par une de mes propres petites créatures ?

— Lâchez-moi ! » cria Corum.

Arioch ouvrit la main et Corum se trouva libre, chancelant, le souffle coupé. Il n'avait pas cru qu'Arioch obéirait.

Alors, toute l'injustice de son sort lui apparut. Arioch n'avait pas d'animosité envers les Vadhaghs. Il ne s'intéressait ni plus ni moins à eux qu'aux parasites mabdens qui se nourrissaient de son corps. Il nettoyait simplement sa palette des couleurs desséchées, comme un peintre avant d'entamer une nouvelle toile. Toutes les souffrances et les misères subies par Corum et les siens n'avaient été que la conséquence de l'humeur fantasque d'un dieu insouciant qui n'accordait que rarement son attention au monde soumis à sa domination.

Et Arioch disparut.

Une autre silhouette le remplaça. Tous les Mabdens étaient partis.

Cette entité était belle et regardait Corum avec une sorte d'affection hautaine. L'être était entièrement vêtu de noir et d'argent, avec une copie miniature de l'épée noire au côté. Son expression était amusée. Il souriait. Il représentait la quintessence du mal.

« Qui êtes-vous ? » souffla Corum.

« Le Duc Arioch, votre maître. Je suis le Seigneur

de l'Enfer, un Noble du Royaume du Chaos, le Chevalier des Epées. Je suis votre ennemi.

— Ainsi vous êtes mon ennemi ! L'autre forme n'était pas la vraie !

— Je serai tout ce que vous voudrez, Prince Corum. Que veut dire " vrai " dans le cas présent ? Je peux être tout ce que je désire... ou tout ce que vous souhaitez, si vous préférez. Considérez-moi comme le Mal et je serai le Mal. Dites que je suis le Bien et j'assumerai une forme qui y correspondra. Mon seul vœu est de vivre en paix, voyez-vous. De passer le temps. Et, si vous avez envie de jouer un drame, un jeu de votre invention, je le jouerai avec vous jusqu'à ce qu'il m'ennuie.

— Vos ambitions se sont-elles toujours bornées là ?

— Comment ? Comment ? Toujours ? Non, je ne pense pas. Pas lorsque je livrais bataille aux Seigneurs de la Loi qui gouvernaient ce Plan auparavant. Mais maintenant que je les ai vaincus, eh bien, je mérite ce pour quoi j'ai lutté ! Tous les êtres ne recherchent-ils pas la même satisfaction ?

— Oui, je l'imagine », fit Corum.

« Bien. » Arioch sourit. « Et maintenant, où allons-nous, petit Corum des Vadhaghs ? Vous savez que vous devez bientôt mourir. Pour la paix de mon esprit, vous comprenez, rien que pour cela. Je vais vous donner en récompense l'hospitalité, et après, à quelque moment, je vous éteindrai. Vous savez maintenant pourquoi. »

Corum s'irritait. « Je ne me laisserai pas " éteindre ", Duc Arioch. Pourquoi consentirais-je ? »

Arioch porta une main à son beau visage et bâilla. « Pourquoi pas ? Mais, voyons, que puis-je pour vous distraire ? »

Corum hésita. Puis il demanda : « Voudriez-vous me faire visiter tout votre château ? Je n'ai jamais rien vu d'aussi énorme. »

Arioch haussa le sourcil. « Si c'est tout... ?

— C'est tout pour le moment. »

Arioch sourit. « Très bien. De plus, je ne le connais pas entièrement moi-même. Venez ! »

Il posa doucement la main sur l'épaule de Corum et l'entraîna par une porte.

Tandis qu'ils longeaient une magnifique galerie aux murs de marbre de couleurs chatoyantes, Arioch parlait à Corum, d'un ton raisonnable, modéré, hypnotique. « Voyez-vous, mon ami Corum, ces quinze Plans étaient en stagnation. Que faisiez-vous, Vadhaghs ou autres ? Rien. Vous ne quittiez pour ainsi dire jamais vos villes et vos châteaux. La nature faisait naître coquelicots et marguerites. Les Seigneurs de la Loi veillaient au bon ordre. Il ne se passait rien du tout. Nous avons apporté beaucoup plus à votre monde, avec mon frère Mabelode et avec ma sœur Xiombarg.

— Qui sont-ils ?

— Je crois que vous les connaissez sous les noms de Reine des Epées et de Roi des Epées. Ils gouvernent chacun cinq des dix autres Plans. Il y a un petit moment que nous les avons conquis sur les Seigneurs de la Loi.

— Et vous avez alors entrepris la destruction de tout ce qui est sincère et cultivé.

— Puisque vous le dites, mortel. »

Corum s'arrêta. Sa résolution faiblissait sous l'effet persuasif de la voix d'Arioch. Il se tourna. « Je pense que vous mentez, Duc. Votre ambition doit porter plus loin.

— Question de perspective, Corum. Nous allons au gré de nos caprices. Nous sommes devenus puissants et rien ne peut nous entamer. Pourquoi nous montrerions-nous vindicatifs ?

— Dans ce cas, vous serez anéantis comme l'ont été les Vadhaghs, et pour les mêmes raisons. »

Arioch haussa les épaules. « Peut-être.

— Vous avez un puissant ennemi en la personne

de Shool de Svi-an-Fanla-Brool! A mon avis, vous devriez le craindre.

— Tiens, vous connaissez Shool? » Arioch émit un rire musical. « Pauvre Shool! Il manigance, complote et nous dénigre. Il est amusant, n'est-ce pas?

— Seulement amusant? » Corum n'en croyait pas ses oreilles.

« Oui... simplement amusant.

— Il prétend que vous le détestez parce qu'il est presque aussi puissant que vous.

— Nous ne détestons personne.

— Je n'ai pas confiance en vous, Arioch.

— Quel mortel ne se méfierait pas d'un dieu? »

Ils montaient en suivant maintenant une rampe en spirale qui paraissait construite de pure lumière.

Arioch s'immobilisa. « Nous allons explorer une autre partie du palais. Ceci ne mène qu'à une tour. » Devant eux, il y avait une porte où un signe apparaissait en pulsations... huit flèches disposées autour d'un cercle.

« Quel est ce symbole, Arioch?

— Rien du tout. Les armes du Chaos.

— Alors, qu'y a-t-il derrière la porte?

— Rien qu'une tour », s'impatienta Arioch. « Venez! Il y a des choses plus intéressantes ailleurs. »

Corum redescendit à regret la rampe derrière lui. Il songeait qu'il avait probablement aperçu l'endroit où Arioch conservait son cœur.

Ils se promenèrent encore dans le palais durant plusieurs heures, en admirant les merveilles. Ici n'étaient que lumière et beauté, là que visions sinistres. Cela troublait Corum. Il avait la certitude qu'Arioch se moquait de lui.

Ils regagnèrent la grande salle.

Les poux mabdens avaient disparu. Disparue la saleté. En leurs lieu et place se dressait une table chargée de mets et de vins. Arioch la montra du geste.

« Accepteriez-vous de dîner avec moi, Prince ?

— En attendant que vous me supprimiez ? » fit Corum avec un sourire sarcastique.

Arioch rit. « Si vous avez envie de poursuivre votre existence encore un temps, je n'y vois pas d'objection. Vous ne pouvez plus quitter le palais, comprenez-vous ? Et, tant que votre naïveté m'est une distraction, pourquoi vous détruirais-je ?

— N'avez-vous aucune peur de moi ?

— Pas le moins du monde.

— Ne craignez-vous pas ce que je représente ?

— Que représentez-vous donc ?

— La justice. »

De nouveau, un rire. « Oh ! que votre pensée est étroite ! Une telle vertu n'existe pas !

— Elle existait quand les Seigneurs de la Loi régnaient ici.

— Tout peut exister pour un temps... même la justice. Mais l'état naturel de l'univers, c'est l'anarchie. C'est toute la tragédie des mortels qu'ils ne puissent jamais l'admettre. »

Corum ne trouva rien à répondre. Il s'assit à table et entama son repas. Arioch ne mangeait pas, mais, assis en face du Prince, il se versa du vin. Corum s'arrêta de manger. Arioch sourit.

« N'ayez pas peur ! Rien n'est empoisonné. Pourquoi aurais-je recours à un tel moyen que le poison ? »

Corum continua à se restaurer. Quand il eut fini, il dit : « J'aimerais me reposer, maintenant, si je dois être votre invité.

— Ah ! » fit Arioch, l'air perplexe. « Oui... Eh bien, dormez ! » Il agita la main et le Prince tomba sur la table, le visage en avant.

Et il dormit.

7

LA MALÉDICTION
DES MAÎTRES DE L'ÉPÉE

Corum s'agita et se força à ouvrir les yeux. La table était enlevée. Parti également, Arioch. La vaste salle était dans la pénombre, seulement éclairée par les faibles clartés provenant de quelques portes et galeries.

Il se leva. Rêvait-il ? Ou avait-il rêvé tout ce qui s'était passé avant ? Certes, tous les événements avaient ressemblé à des rêves devenus réalités. Mais c'était vrai du monde entier à présent, depuis qu'il avait quitté l'atmosphère de raison du château d'Erorn, il y avait si longtemps.

Où donc était allé le Duc Arioch ? Accomplissait-il quelque mission de par le monde ? Sans nul doute, il avait pensé que son influence sur Corum se prolongerait davantage. Après tout, c'était précisément pour cela qu'il voulait supprimer tous les Vadhaghs, parce qu'il n'arrivait pas à les comprendre, qu'il ne pouvait prévoir leurs actes, dominer leurs esprits comme ceux des Mabdens.

Corum se rendit compte qu'il tenait sa chance, peut-être la seule qu'il aurait jamais de tenter de parvenir à l'endroit où Arioch cachait son cœur. Ensuite, il pourrait s'évader, Arioch étant encore absent, retourner près de Shool et reprendre Rhalina. Ce n'était plus la vengeance qui l'animait. Tout ce qu'il cherchait, c'était la fin de son aventure, la paix en compagnie de la femme aimée, la sécurité dans le vieux château près de la mer.

Il partit en courant dans la salle, escalada les degrés jusqu'à la galerie de marbre chatoyant et parvint à la rampe qui semblait faite de pure lumière. La lumière n'était plus qu'une lueur maintenant, mais tout en haut se trouvait la porte au symbole orange animé de pulsations — les huit flèches irradiant d'un centre commun — le symbole du Chaos.

Le souffle rauque, il monta la rampe en courant. De plus en plus haut, et le reste du palais s'éloignait au-dessous de lui. Devant la grande porte qui le rapetissait, il s'arrêta et regarda, et s'émerveilla. Il sut qu'il touchait au but.

Le vaste symbole s'animait d'un rythme régulier, comme un cœur vivant, et il baignait le visage, le corps et l'armure de sa lumière rouge doré.

Corum poussa sur la porte, mais une souris aurait aussi bien pu se battre contre l'entrée d'une pyramide ! Le battant ne bougea pas.

Il lui fallait de l'aide. Il contempla sa main gauche... la Main de Kwll. Pouvait-il réclamer le secours du monde des ombres ? Pas sans un « prix » à leur offrir.

Mais alors la Main de Kwll se ferma en poing et se mit à irradier une clarté qui aveugla Corum et l'incita à tendre le bras le plus possible, tout en se protégeant les yeux de l'autre main. Il sentit la Main de Kwll s'élever et s'abattre sur la forte porte. Un son pareil à un glas. Un craquement comme si la Terre se fût entrouverte. Et la Main de Kwll pendit mollement à son côté. Il ouvrit les yeux pour constater que la porte était fendue. Une petite fente à l'angle inférieur droit ; mais assez large pour permettre à Corum de s'y faufiler.

« Maintenant, tu m'aides comme je le souhaitais », murmura-t-il à l'adresse de la Main. Il se mit à genoux et passa par la fissure.

Une autre rampe s'élevait par-dessus un vide étincelant. Des bruits étranges emplissaient l'air, montant et s'éteignant, se rapprochant et s'éloignant. Il y avait là des allusions à la menace, à la beauté, à la mort, à la vie éternelle, à la terreur, à la tranquillité. Corum allait tirer l'épée, mais il comprit combien c'était inutile. Il posa le pied sur la pente et entama une nouvelle ascension.

Une brise se leva et sa robe écarlate flotta derrière lui. Des vents frais le portaient et des souffles brûlants lui écorchaient la peau. Il voyait des visages autour de lui et croyait en reconnaître beaucoup. Certains étaient énormes et d'autres minuscules. Des yeux l'observaient. Des lèvres souriaient. Une morne plainte montait et descendait. Un nuage noir l'engloutit. Un tintement de cloches de cristal lui emplit les oreilles. Une voix l'appela par son nom, éveillant des échos à l'infini. Un arc-en-ciel l'entoura, pénétra en lui, lui peignit le corps de toutes ses couleurs. Il poursuivit sa marche régulière sur la longue rampe ascendante.

Maintenant, il arrivait à une plate-forme au bout de la pente, mais une plate-forme suspendue sur un gouffre. Il n'y avait plus rien au-delà.

Sur la plate-forme, un dais. Sous le dais, un socle, et sur le socle quelque chose qui battait en émettant des rayons.

Plusieurs guerriers mabdens étaient transpercés par ces rayons. Leurs corps étaient figés en des attitudes qui prouvaient qu'ils cherchaient à atteindre la source de ces rayons, mais leurs yeux bougèrent quand ils virent Corum approcher du dais. Ces yeux exprimaient la douleur et la curiosité, et l'avertissement.

Corum s'immobilisa.

L'objet, sur le socle, était d'un bleu profond et velouté ; très petit, il brillait comme un joyau taillé en forme de cœur. A chaque pulsation des cylindres de lumière s'en échappaient.

Ce ne pouvait être que le cœur d'Arioch.

Mais il assurait sa propre protection, comme en témoignaient les guerriers figés autour de lui.

Corum avança d'un pas. Un rai de lumière le frappa à la joue, lui causant des picotements.

Un pas encore et deux rayons lui frappèrent le corps, le faisant frémir, mais sans le bloquer. Maintenant, il avait dépassé les guerriers mabdens. Deux pas encore et les rayons lui bombardèrent le corps et la tête, mais la sensation n'était qu'agréable. Il tendit la main droite pour saisir le cœur, mais la gauche bougea la première et ce fut la Main de Kwll qui s'empara du cœur d'Arioch.

« Le monde paraît rempli de fragments de dieux », murmura Corum. Il se retourna et constata que les Mabdens n'étaient plus figés. Ils se frottaient la figure et remettaient leurs épées au fourreau.

Corum parla au plus proche d'entre eux. « Pourquoi vouliez-vous le cœur d'Arioch?

— Ce n'était pas de ma propre volonté. C'est un sorcier qui m'en a chargé en m'offrant la vie si je volais le cœur dans le palais d'Arioch.

— Shool?

— Oui, Shool. Le Prince Shool. »

Corum regarda les autres. Tous approuvaient de la tête. « C'est Shool qui m'a envoyé! Moi aussi!

— Et c'est également Shool qui m'a envoyé », dit Corum. « Je ne pensais pas qu'il avait essayé si souvent.

— C'est un jeu qu'Arioch joue avec lui », murmura un des Mabdens. « J'ai appris que Shool n'a que peu de pouvoir personnel. C'est Arioch qui confère à Shool le pouvoir qu'il croit sien, car Arioch se délecte à avoir des ennemis avec qui jouer. Tous les actes d'Arioch sont inspirés par le seul ennui. Et, maintenant, vous détenez son cœur. Visiblement, il ne s'attendait pas que le jeu se dérègle ainsi.

— Probablement », convint Corum. « Seule la

négligence d'Arioch m'a permis de venir en ce lieu. Maintenant, je m'en vais. Il faut que je trouve une issue pour quitter le palais avant qu'il comprenne ce qui est arrivé.

— Pouvons-nous vous accompagner ? » demandèrent les Mabdens.

Corum acquiesça de la tête. « Mais hâtez-vous ! »

Ils descendirent la rampe en silence.

A mi-chemin de la descente, un des Mabdens poussa un cri, battit l'air des bras, chancela un instant au bord de la rampe et plongea en dérivant dans le vide étincelant.

Ils pressèrent le pas et arrivèrent à la fente minuscule au bas de l'énorme porte. Ils passèrent en rampant, un à un.

Puis ce fut la spirale de lumière. Et la galerie de marbre chatoyant. Ensuite, l'escalier vers la grande salle sombre.

Corum chercha des yeux la porte d'argent par laquelle il était entré. Il fit le tour complet de la salle, et il avait mal aux pieds quand il dut admettre que la porte avait disparu.

La salle reprit soudain vie, en pleine lumière, et la vaste masse de graisse que Corum avait vue à son entrée riait sur le plancher, vautrée dans les ordures, tandis que les parasites mabdens observaient la scène d'entre ses cheveux, les poils de ses aisselles, de son nombril, de ses oreilles.

« Ha ha ! Corum, vous voyez que je suis gentil. Je vous ai laissé prendre tout ce que vous désiriez de moi. Vous avez même mon cœur ! Mais je ne peux vous permettre de me l'enlever, Corum. Sans mon cœur, je ne pourrais régner ici. Je pense que je vais le replacer dans ma chair. »

Les épaules de Corum s'affaissèrent. « Il nous a joué un tour », dit-il à ses compagnons mabdens terrifiés.

Mais l'un d'eux rectifia : « Il s'est servi de vous,

messire Vadhagh. Il n'aurait jamais pu reprendre lui-même son cœur. Ne le saviez-vous pas ? »

Arioch éclata de rire et son ventre en fut secoué, projetant des Mabdens sur le sol.

« Exact ! Exact ! Vous m'avez rendu un fier service, Prince Corum. Le cœur de tout Maître de l'Epée est conservé en un lieu qui lui est interdit, afin que les autres Maîtres aient la certitude qu'il demeure sur son domaine et n'aille pas sur celui d'un autre ; ainsi lui est-il impossible d'usurper le pouvoir d'un rival. Mais vous, Corum, avec votre sang antique, avec vos traits de caractère, vous étiez en mesure d'accomplir ce qui m'était défendu. Maintenant, j'ai récupéré mon cœur et je peux étendre ma domination autant que je le voudrai. Ou n'en rien faire, s'il me sied.

— Ainsi, je vous ai aidé », fit Corum, amer, « alors que je visais à vous contraindre... »

Le rire d'Arioch emplit la salle. « Oui, tout juste. Bonne plaisanterie, n'est-ce pas ? Et maintenant, donnez-moi donc mon cœur, petit Vadhagh ! »

Corum s'appuya le dos au mur et tira sa lame. Il resta campé ainsi, le cœur d'Arioch dans la main gauche, l'épée dans la droite. « Je mourrai avant, Arioch.

— Comme vous voulez. »

La main monstrueuse se porta vers Corum. Il l'esquiva. Nouvel éclat de rire d'Arioch, qui saisit deux des guerriers mabdens sur le sol. Ils hurlaient et se débattaient tandis qu'il les portait à son immense bouche humide, pleine de dents noircies. Puis il les jeta dedans et Corum entendit le broiement des os. Arioch avala une bouchée et recracha une épée. Puis il reporta les yeux sur Corum.

Celui-ci se réfugia d'un bond derrière un pilier. La main d'Arioch le contourna en tâtonnant. Corum s'enfuit.

Encore des rires que les murs renvoyaient en écho. A l'allégresse du dieu répondaient les petites voix de ses parasites mabdens. Un pilier s'écroula quand Arioch le heurta en tentant d'attraper Corum.

Ce dernier fonça à travers la salle, sautant par-dessus les corps brisés des Mabdens tombés du corps montagneux de leur dieu.

Arioch l'aperçut, le saisit, et cessa de glousser.

« Rendez-moi mon cœur, à présent ! »

Corum reprit péniblement haleine et dégagea ses deux mains de la chair molle qui l'enveloppait. La grande main du géant était chaude et sale. Les ongles en étaient cassés.

« Donnez-moi mon cœur, petite créature !

— Non ! » Corum lui planta son épée profondément dans le pouce mais le dieu ne s'en aperçut même pas. Les Mabdens accrochés aux poils de la poitrine regardaient la scène avec des sourires d'idiots.

Les côtes de Corum étaient prêtes à se rompre, mais il se refusait encore à lâcher le cœur d'Arioch, serré dans sa main gauche.

« Peu importe », fit Arioch en desserrant un peu son étreinte. « Je peux vous avaler tous les deux à la fois, vous et mon cœur. »

Il approcha sa grande main de sa bouche ouverte. Son haleine soufflait à grands coups de puanteur et Corum étouffait, mais il continuait à piquer de l'épée. Un sourire élargit encore les lèvres gigantesques. Corum ne voyait plus que cette bouche, les narines répugnantes, les yeux énormes. La bouche s'agrandit pour l'avaler. Il frappa la lèvre supérieure, le regard fixé sur le rouge ténébreux de la gorge du dieu.

Alors, sa Main gauche se contracta. Elle serrait le cœur d'Arioch. Corum en aurait été incapable, mais une fois de plus la Main de Kwll manifestait son pouvoir propre. Elle serrait.

Le rire d'Arioch s'éteignit. Ses grands yeux s'écarquillèrent et une lueur nouvelle les habita. Un rugissement sortit de sa gorge.

La Main de Kwll serra encore plus fort.

Le cœur parut s'émietter dans la Main. Des rayons de lumière bleue piquetée de rouge jaillirent entre les doigts de Corum. La douleur lui envahit le bras.

Un son aigu et sifflant...

Arioch se mit à pleurer. Son étreinte sur Corum mollit. Il recula en chancelant.

« Non, mortel ! Non !... » La voix était pathétique. « Je vous en prie, mortel, nous pouvons... »

Sous les yeux de Corum la masse enflée du dieu se dissolvait dans l'air. La main qui le tenait perdait sa forme.

Et Corum tomba vers le sol de la salle, les morceaux du cœur d'Arioch se répandant dans sa chute. Il subit un choc violent, vit se tordre dans l'air ce qui restait du corps d'Arioch, entendit une lamentation et perdit connaissance, mais perçut les dernières paroles murmurées par Arioch : « Corum des Vadhaghs, vous avez acquis la malédiction éternelle des Maîtres de l'Epée... »

8

TRÊVE AU COMBAT

CORUM voyait défiler devant lui une procession.
Des êtres de cent races différentes à pied ou à cheval étaient emportés dans cette parade et il savait qu'il contemplait toutes les races de mortels qui s'étaient succédé depuis que la Loi et le Chaos avaient entamé leur lutte pour la domination des multiples Plans de la Terre.

Il apercevait au loin les bannières brandies de la Loi et du Chaos, côte à côte, l'une portant les huit flèches rayonnantes, l'autre l'unique flèche verticale de la Loi. Au-dessus de tout cela, une énorme balance en équilibre parfait. Dans chacun des plateaux de la balance étaient rassemblés d'autres êtres, non mortels. Dans l'un, il aperçut Arioch et les Seigneurs du Chaos et dans l'autre les Seigneurs de la Loi.

Et Corum entendit une voix qui disait : « Ceci est comme il doit en être. Ni la Loi ni le Chaos ne doivent dominer les destins des Plans mortels. L'équilibre doit régner. »

Corum s'écria : « Mais il n'y a pas d'équilibre ! Le Chaos gouverne tout ! »

La voix répondit : « Il arrive que la balance penche. Il faut la rectifier. Et les mortels ont pouvoir de le faire.

— Comment puis-je y parvenir ?

— Vous avez déjà entamé le travail. Maintenant, il vous faut aller jusqu'au bout. Vous risquez de périr avant la réussite, mais un autre prendra votre succession. »

Corum s'écria : « Je ne veux pas ! Je ne suis pas assez fort pour un tel fardeau !

— IL LE FAUT ! »

La procession défilait sans voir Corum, sans voir les deux bannières flottantes, sans voir la Balance cosmique suspendue au-dessus d'elle.

Corum était suspendu dans l'espace parcouru de nuages et son cœur était en paix. Des formes apparaissaient. Il se rendit compte qu'il était encore dans la salle d'Arioch. Il chercha son épée. En vain.

« Je vous rendrai votre épée avant que vous partiez, Prince Corum. »

La voix était posée et claire. Corum se retourna.

Il eut le souffle coupé. « Le Géant de Laahr ! »

Le visage triste et sage lui sourit. « On m'appelait ainsi quand j'étais en exil. Mais je ne suis plus exilé et vous pouvez me donner mon nom véritable. Je suis le Seigneur Arkyn et ceci est mon palais. Arioch a disparu. Sans son cœur, il ne peut prendre corps sur ces Plans. Sans chair, il ne peut exercer le pouvoir. Je règne désormais ici comme j'y régnais autrefois. »

La substance de l'être était encore brumeuse, bien que moins imprécise qu'auparavant.

Le Seigneur Arkyn sourit. « Il me faudra un certain temps pour reprendre mon apparence antérieure. Ce n'est que par l'exercice d'une grande volonté que j'ai réussi à me maintenir sur ce Plan. Lorsque je vous ai délivré, Corum, je ne savais pas que vous seriez l'instrument de ma restauration. Je vous en remercie.

— C'est à moi de vous remercier, Seigneur !

— Le Bien engendre le Bien. Le Mal engendre le Mal. »

Corum sourit. « Quelquefois, Seigneur. »

Arkyn eut un petit rire. « Oui, vous avez raison... quelquefois. Eh bien, mortel, il me faut maintenant vous renvoyer sur votre Plan.

— Pouvez-vous me transporter en un lieu particulier, Monseigneur ?

— Je le peux, Prince à la Robe Ecarlate.

— Seigneur Arkyn, vous savez pourquoi je me suis lancé dans cette aventure. Je cherchais les restes de la race vadhagh, de mon peuple. Dites-moi, ont-ils tous disparu ? »

Le Seigneur Arkyn inclina la tête. « Tous, sauf vous.

— Et ne pouvez-vous les ramener ?

— Les Vadhaghs ont toujours été, parmi les mortels, ceux que je préférais, Prince Corum. Mais je n'ai pas pouvoir de renverser le cycle même du temps. Vous êtes le dernier des Vadhaghs. Et pourtant... » Il s'interrompit un instant. « Pourtant, le moment viendra peut-être où les Vadhaghs réapparaîtront. Mais je ne vois rien clairement et je ne dois plus en parler. »

Corum poussa un soupir. « Il me faut donc m'estimer satisfait. Et Shool ? Rhalina est-elle en sûreté ?

— Je ne peux le dire. Mes sens ne sont pas encore en état de saisir tout ce qui se passe et, Shool étant chose du Chaos, il m'est encore plus difficile de le percevoir. Cependant, je crois Rhalina en danger, bien que la puissance de Shool ait diminué depuis la fin d'Arioch.

— Alors, je vous prie de m'envoyer à Svi-an-Fanla-Brool car j'aime la Margravine.

— C'est votre capacité d'amour qui vous rend fort, Prince Corum.

— Et ma capacité de haine ?

— Elle guide votre force. »

Le Seigneur Arkyn fronça les sourcils comme s'il n'eût pas compris quelque chose.

« Votre triomphe vous laisse mélancolique, Monseigneur. Etes-vous donc toujours triste ? »

Le Seigneur de la Loi regarda Corum d'un air presque surpris. « Oui, j'imagine que je suis encore triste. Je porte le deuil des Vadhaghs, comme vous. Je porte le deuil de celui que votre ennemi Glandyth-a-Krae a tué... de celui que vous appeliez l'Homme Brun.

— C'était un être de bonté. Glandyth porte-t-il toujours la mort sur les terres de Bro-an-Vadhagh ?

— Oui. Vous le rencontrerez de nouveau, je pense.

— Et je le tuerai.

— Possible. »

Le Seigneur Arkyn disparut. Le palais disparut.

L'épée en main, Corum était devant la porte basse et de guingois qui donnait accès à la demeure de Shool. Derrière lui, dans le jardin, les plantes se tendaient avidement pour boire la pluie qui tombait du ciel pâle.

Un calme insolite régnait sur la bâtisse sombre, de forme bizarre, mais Corum s'y engagea sans hésiter et fonça le long du labyrinthe de couloirs.

« Rhalina ! Rhalina ! » La maison étouffait ses appels, si fort qu'il les criât.

« Rhalina ! »

Il courut à travers la demeure ombreuse puis il perçut une voix geignarde qu'il reconnut. Shool !

« Shool ! Où êtes-vous ?

— *Prince* Shool ! Je veux que l'on me donne mon titre. Vous vous moquez de moi à présent que mes ennemis m'ont vaincu. »

Corum entra dans une pièce et y trouva Shool. Il ne reconnut que ses yeux. Le reste n'était qu'une vieille chose racornie, décrépite, qui gisait sur un lit, dans l'incapacité de faire un mouvement.

Shool geignit : « Vous venez aussi me tourmenter maintenant que je suis abattu. Il en est toujours ainsi quand les puissants sont abaissés.

— Vous ne vous êtes élevé qu'en raison de l'humeur d'Arioch, qui a bien voulu vous laisser agir.

— Silence ! Je ne me prête pas à cette tromperie. Arioch s'est vengé de moi parce que j'avais plus de pouvoirs que lui.

— Vous aviez emprunté sans vous en douter une fraction de sa puissance. Arioch a quitté les Cinq Plans, Shool. Vous avez vous-même déclenché les événements qui ont entraîné son bannissement. Vous désiriez son cœur pour le contraindre à devenir votre esclave. Vous avez envoyé bon nombre de Mabdens pour le voler. Tous ont échoué. Vous n'auriez pas dû m'y envoyer, Shool, car je n'ai pas échoué, et votre défaite en résulte. »

Shool sanglotait éperdument en hochant la tête.

« Où est Rhalina, Shool ? Si elle a le moindre mal...

— Mal ? » Un rire creux fusa entre les lèvres parcheminées. « Moi, lui faire du mal ? C'est elle qui m'a installé ici. Emmenez-la loin de moi. Je sais qu'elle a l'intention de m'empoisonner.

— Où est-elle ?

— Je vous ai donné des présents. Cette nouvelle Main, ce nouvel Œil. Vous seriez encore infirme et mutilé sans ma bonté envers vous. Mais vous refusez de vous souvenir de ma générosité, je sais. Vous allez...

— Vos " présents ", Shool ! Ils ont bien failli me mutiler l'âme ! Où est Rhalina ?

— Promettez-moi de ne pas me faire de mal si je vous le dis !

— Pourquoi ferais-je du mal à une créature aussi pathétique, Shool, dites-moi ?

— Au bout du couloir vous trouverez un escalier. En haut des marches, une chambre. Elle s'y est enfermée. J'aurais fait d'elle mon épouse, vous savez. Elle aurait connu la magnificence d'être la femme d'un dieu, d'un immortel. Mais elle...

— Ainsi vous aviez conçu de me trahir ?
— Un dieu fait ce qu'il veut. »

Corum sortit de la pièce, longea le couloir, escalada les degrés et frappa à la porte du pommeau de son épée.

« Rhalina ! »

Une voix lasse parla derrière le battant. « Ainsi vos pouvoirs vous sont revenus, Shool. Vous ne me prendrez plus au piège en vous faisant passer pour Corum. Même s'il est mort, je ne me donnerai jamais à personne d'autre, encore moins à...

— Rhalina ! C'est vraiment Corum ! Shool ne peut plus rien. Le Chevalier des Epées est banni de ce Plan, et du même coup la sorcellerie de Shool est inopérante.

— Est-ce la vérité ?

— Ouvrez, Rhalina. »

Elle tira précautionneusement les verrous. Elle était fatiguée. Visiblement, elle avait beaucoup souffert, mais elle restait belle. Elle regarda au fond des yeux de Corum et son visage s'empourpra de soulagement et d'amour. Elle s'évanouit.

Corum la prit dans ses bras et redescendit l'escalier, puis entra dans le couloir. Il s'arrêta devant la chambre de Shool.

L'ex-sorcier était parti.

Soupçonnant quelque subterfuge, Corum gagna en hâte la porte principale.

Sous la pluie, par le sentier entre les plantes qui ondulaient, Shool se sauvait sur ses antiques jambes, qui pouvaient à peine le porter.

Il jeta un coup d'œil en arrière, vit Corum, et ses dents claquèrent de terreur. Il plongea parmi les buissons.

Il y eut un claquement humide. Un sifflement. Une plainte.

La bile monta dans la gorge de Corum. Les plantes de Shool mangeaient pour la dernière fois.

Il s'engagea prudemment avec son cher fardeau sur le sentier, s'arrachant aux lianes et aux fleurs qui tentaient de le retenir et de l'embrasser, et finalement il parvint à la côte.

Une barque était amarrée, un petit esquif qui, moyennant quelque prudence, les ramènerait au château de Moidel.

La mer était plane sous la pluie grise. A l'horizon, le ciel commençait à s'éclaircir.

Corum déposa doucement Rhalina dans la barque et hissa la voile pour partir vers le Mont Moidel.

Elle s'éveilla au bout de plusieurs heures, le regarda, lui sourit avec tendresse et se rendormit.

Vers le soir, alors que la barque suivait régulièrement sa route, elle vint s'asseoir près de lui. Il l'enveloppa dans sa robe écarlate sans rien dire.

Quand la lune se leva, elle tendit le cou pour l'embrasser sur la joue.

« Je n'espérais pas... » commença-t-elle. Puis elle pleura un moment et il la consola.

« Corum », finit-elle par demander, « comment notre sort s'est-il amélioré à ce point ? »

Il entreprit de lui raconter tout ce qui s'était passé. Il lui parla des Rhaga-da-Khetas, du cerf-volant magique, des Terres de Flammes, d'Arioch et d'Arkyn.

Il lui raconta tout sauf deux détails.

Il ne lui dit pas comment il — ou plutôt la Main de Kwll — avait assassiné le Roi Temgol-Lep, qui avait voulu l'empoisonner, et aussi le compatriote de Rhalina, Hanafax, qui avait tenté de le secourir.

Quand il eut terminé, elle n'avait plus de soucis et elle poussa un soupir de bonheur.

« Ainsi, nous avons enfin la paix ! Le combat est fini !

— La paix pour un certain temps, si nous avons

de la chance. » Le soleil commençait sa course. Il rectifia sa route.

« Vous n'allez plus me quitter ? La Loi règne sûrement à présent, et...

— La Loi ne règne que sur ce Plan-ci. Les Seigneurs du Chaos ne seront pas satisfaits de ce qui s'est passé. Les dernières paroles d'Arioch ont été pour me dire que j'avais encouru la malédiction des Maîtres de l'Epée. Et le Seigneur Arkyn sait qu'il y a encore beaucoup à faire avant que la Loi soit de nouveau solidement établie dans les Quinze Plans. Et nous entendrons encore parler de Glandyth-a-Krae.

— Vous désirez toujours vous venger de lui ?

— Plus maintenant. Il n'était que l'instrument d'Arioch. Mais il n'oubliera pas sa haine envers moi, Rhalina. »

Le ciel s'éclaircissait en nuances de bleu et d'or.

« Nous n'aurons donc jamais de paix, Corum ?

— Nous en aurons un peu, je pense. Mais ce ne sera qu'une trêve au combat. Jouissons-en pendant que cela nous est donné. Nous l'avons bien gagné.

— Oui. » La joie perça dans sa voix. « D'ailleurs, la paix et l'amour que l'on a bien gagnés sont beaucoup plus précieux que s'ils étaient venus par simple héritage ! »

Il la serra dans ses bras.

Le soleil brillait dans le ciel. Ses rayons s'accrochaient à une main endiamantée, à un œil serti de joyaux, les faisant resplendir de feux incomparables.

Mais Rhalina ne les voyait pas brûler. Elle s'était rendormie entre les bras du Prince.

Le Mont Moidel était en vue. La mer bleue léchait doucement ses flancs verts et le soleil illuminait les pierres blanches de la forteresse. La marée montait, recouvrant la digue.

Corum baissa les yeux sur le visage endormi de

Rhalina. Il sourit et lui caressa doucement les cheveux.

Il vit la forêt sur le continent. Rien de menaçant.

Il leva les yeux au ciel sans nuages.

Il espérait que la trêve serait longue...

Ainsi s'achève le Premier Livre de Corum.

TABLE DES MATIÈRES

Prologue 7

PREMIÈRE PARTIE

Où le Prince Corum apprend une leçon et perd un membre

1. Au château d'Erorn 13
2. Le Prince Corum s'en va 20
3. Le troupeau de Mabdens 26
4. Le poison de la beauté, la mort de la vérité 33
5. Une leçon bien apprise 44
6. La mutilation de Corum 50
7. L'Homme Brun 59
8. La Margravine d'Allomglyl 67
9. De l'amour et de la haine 75
10. Un millier d'épées 90
11. L'invocation 99
12. Le marché du Margrave 114

DEUXIÈME PARTIE

Où le Prince Corum reçoit un présent et conclut un pacte

1. Le sorcier ambitieux 121
2. L'Œil de Rhynn et la Main de Kwll 134
3. Au-delà des Quinze Plans 139

TROISIÈME PARTIE

Où le Prince Corum accomplit à la fois l'impossible et l'inopportun

1. Le Dieu qui marche 151
2. Temgol-Lep 156
3. Les choses de l'ombre 164
4. Dans les Terres de Flammes 172
5. Par la Gueule du Lion 185
6. Le festin des Dieux 191
7. La malédiction des Maîtres de l'Epée ... 199
8. Trêve au combat 207

*Achevé d'imprimer en décembre 1991
sur les presses de l'Imprimerie Bussière
à Saint-Amand (Cher)*

PRESSES POCKET - 12, avenue d'Italie - 75627 Paris Cedex 13
Tél. : 44-16-05-00

— N° d'imp. 2943. —
Dépôt légal : décembre 1991.
Imprimé en France